マジック・ツリーハウス

マジックは「魔法《まほう》」。ツリーハウスは「木《き》の上《うえ》の小屋《こや》」。
この物語《ものがたり》は、アメリカ・ペンシルベニア州《しゅう》に住《す》むジャックとアニーが、
魔法《まほう》のツリーハウスで、ふしぎな冒険《ぼうけん》をするお話《はなし》です。

モンゴル大《だい》草《そう》原《げん》 風《かぜ》の馬《うま》

マジック・ツリーハウス 53

マジック・ツリーハウス53 もくじ

モンゴル大草原《モンゴルだいそうげん》　風の馬《かぜのうま》

おもな登場人物《とうじょうじんぶつ》

ジャック

アメリカ、ペンシルベニア州《しゅう》に住《す》む十二歳《さい》の男《おとこ》の子《こ》。本《ほん》を読《よ》むことと自然《しぜん》観察《かんさつ》が大好《だいす》きで、見《み》たことや調《しら》べたことをすぐノートに書《か》くくせがある。

アニー

ジャックの妹《いもうと》。空想《くうそう》や冒険《ぼうけん》が大好《だいす》きで、いつも元気《げんき》な十一歳《さい》の女《おんな》の子《こ》。どんな動物《どうぶつ》ともすぐに仲《なか》よくなり、勝手《かって》に名《な》まえをつけてしまう。

モーガン・ルー・フェイ

ブリテンの王《おう》アーサーの姉《あね》。魔法《まほう》をあやつり、世界《せかい》じゅうのすぐれた本《ほん》を集《あつ》めるために、時空《じくう》をこえてマジック・ツリーハウスで旅《たび》をしている。

これまでのお話《はなし》

ジャックとアニーは、ペンシルベニア州《しゅう》フロッグクリークに住《す》む仲《なか》よし兄妹《きょうだい》。

ふたりはある日《ひ》、森《もり》のカシの木《き》のてっぺんに、小《ちい》さな木《き》の小屋《こや》があるのを見《み》つけた。中《なか》にあった恐竜《きょうりゅう》の本《ほん》を見《み》ていると、とつぜん小屋《こや》がぐるぐるとまわりだし、本物《ほんもの》の恐竜《きょうりゅう》の時代《じだい》へと、迷《まよ》いこんでしまった。この小屋《こや》は、時空《じくう》をこえて知《し》らない世界《せかい》へ行《い》くことができる、**マジック・ツリーハウス**（魔法《まほう》の木《き》の上《うえ》の小屋《こや》）だったのだ！

それからふたりは、このツリーハウスでさまざまな時代《じだい》のいろいろな場所《ばしょ》へ冒険《ぼうけん》に出《で》かけ、たくさんの人々《ひとびと》と出会《であ》い、歴史上《れきしじょう》の大《おお》きなできごとに遭遇《そうぐう》した。やがて、ツリーハウスの持《も》ち主《ぬし》モーガン・ルー・フェイから、世界《せかい》じゅうの人々《ひとびと》を助《たす》けるという特別《とくべつ》な任務《にんむ》をあたえられるようになるのだった。

さあ、今回《こんかい》の冒険《ぼうけん》はどこへ――？

動物《どうぶつ》の命《いのち》をまもるために奮闘《ふんとう》するすべての人《ひと》に、この本《ほん》を捧《ささ》げます。

［第53巻］

モンゴル大草原 風の馬

モンゴルだいそうげん かぜのうま

イヌワシが翼《つばさ》を広《ひろ》げて

夏《なつ》のはじめの、よく晴《は》れた日《ひ》のお昼《ひる》どき、さわやかな風《かぜ》に吹《ふ》かれて、木々《きぎ》の葉《は》っぱがサワサワと音《おと》をたてていた。

ジャックは家《いえ》のまえで自転車《じてんしゃ》をおりると、うら庭《にわ》の自転車《じてんしゃ》おき場《ば》へおしていった。たったいま、町《まち》の図書館《としょかん》から帰《かえ》ってきたところだ。

「お兄《にい》ちゃん、お帰《かえ》り！」キッチンの窓《まど》から、アニーが声《こえ》をかけた。

「読《よ》みたい本《ほん》、見《み》つかった？」

「うん、見《み》つかったよ。ガラパゴス諸島《しょとう》についての本《ほん》が二冊《さつ》」

ジャックがこたえる。

このあいだジャックとアニーは、ガラパゴス諸島《しょとう》で火山《かざん》の噴火《ふんか》からゾウガメを救出《きゅうしゅつ》した。※1 それをきっかけに、ガラパゴスの生《い》き物《もの》、とくにガラパゴスゾウガメに関心《かんしん》をもったジャックは、図書館《としょかん》や書店《しょてん》に行《い》くたびに、関連《かんれん》する本《ほん》をさがしているのだ。

「お兄《にい》ちゃん、ほんとうにカメのエキスパートになれるんじゃない？」

※1『マジック・ツリーハウス 52 ガラパゴス島大噴火』

「いや、エキスパートになるには、まだまだだよ」

ジャックは家《いえ》の中《なか》にはいると、リュックをおろした。

「アニーはなにしてたんだい？」

「お兄《にい》ちゃんを待《ま》ってたの。ママが、このあとみんなで湖《みずうみ》までサイクリングに行《い》こうって。いま買《か》い物《もの》に行《い》ってるけど、あと三十分《ぶん》くらいでもどってくるから、そしたらみんなで行《い》きましょ？」

「うん、いいね！」

アニーがダイニングテーブルの上《うえ》を指《ゆび》さす。

「あと、それ。お兄《にい》ちゃんのぶんのランチよ」

「ピーナツバターのサンドイッチだ！」

ジャックが手《て》をあらってサンドイッチを手《て》にとり、パクリとかぶりついたとき、
ピイイイ――――ッ！

庭《にわ》のほうから、かん高《だか》い口笛《くちぶえ》のような音《おと》が聞《き》こえてきた。

「いまの、なに？」

アニーははじかれたようにいすから立《た》ちあがると、窓《まど》を開《あ》けて外《そと》を見《み》まわした。

「あっ！　すごいのがいる！」

「えっ、すごいのって？」

ジャックも、アニーがいる窓《まど》のところへかけよった。

「ほら、あそこ――」

アニーが空《そら》を指《ゆび》さした。

見《み》あげると、頭《あたま》と首《くび》のまわりに黄金色《こがねいろ》の羽《はね》がある大《おお》きな鳥《とり》が、家《いえ》のすぐ上《うえ》を飛《と》んでいた。翼《つばさ》を広《ひろ》げた長《なが》さは、ゆうに二メートルはある。

「うわ、ほんとにすごいぞ……」ジャックがうなった。

「たぶんあれはイヌワシよ！　イヌワシは狩《か》りの名人《めいじん》で、空《そら》からウサギやキツネやオオカミなんかをおそうこともあるんだって！」

アニーが身《み》を乗《の》りだして言《い》った。いまやアニーはみんなが動物博士《どうぶつはかせ》と呼《よ》ぶくらい、動物《どうぶつ》のことにくわしいのだ。

「その狩《か》りの名人《めいじん》が、なんでこんなところに……？」

アニーが言《い》った。

「お兄《にい》ちゃん、あれじゃない!?」

「あれ?」

そのときイヌワシが、うら庭《にわ》へ舞《ま》いおりてきた。ふたりのまえでひらりと身《み》をひるがえすと、一瞬《いっしゅん》、射《い》ぬくようなするどい目《め》でふたりを見《み》る。

それからまた大《おお》きく羽《は》ばたくと、ふたたび上空《じょうくう》へと飛《と》びあがった。

その姿《すがた》を見《み》て、ジャックははっと気《き》づいた。

「森《もり》にマジック・ツリーハウスが来《き》てる、ってことか! よしアニー、すぐ森《もり》へ行《い》こう!」

ふたりは外《そと》へとびだした。

イヌワシはフロッグクリークの森《もり》のほうへ、みるみる遠《とお》ざかっていく。

「はやくて追《お》いつけないよ……。そうだ、自転車《じてんしゃ》で行《い》こう!」

ジャックとアニーは、自転車《じてんしゃ》にかけより、ヘルメットをかぶってサドルにまたがった。うら庭《にわ》からつづく小道《こみち》を通《とお》って、家《いえ》のまえの通《とお》りに出《で》る。

ふたりはイヌワシを追《お》って、全力《ぜんりょく》でペダルをこいだ。

フロッグクリークの森《もり》の入《い》り口《ぐち》まで来《く》ると、しげみのかげに自転車《じてんしゃ》をとめ、風《かぜ》にゆれてザワザワと音《おと》をたてる森《もり》の中《なか》へ足《あし》をふみ入《い》れる。

やがてふたりは、森《もり》の中《なか》でいちばん背《せ》の高《たか》いカシの木《き》のふもとまでやってきた。

はるか上空《じょうくう》に、イヌワシが円《えん》をえがいて飛《と》んでいる。

カシの木《き》のてっぺんに、ツリーハウスがのっていた。思《おも》ったとおり、マジック・ツリーハウスがもどってきていたのだ！

「イヌワシさーん、おしえに来《き》てくれて、ありがとうー！」

アニーが呼《よ》びかけると、イヌワシはひと声鳴《こえな》いて、空《そら》のむこうへ姿《すがた》を消《け》した。

アニーとジャックは、なわばしごをのぼっていった。

ツリーハウスの中《なか》にはいると、床《ゆか》の上《うえ》に、きれいにたたまれた紙《かみ》きれがおいてあった。アニーが紙《かみ》きれをひろいあげる。

「お兄《にい》ちゃん、モーガンからの手紙《てがみ》よ！」

そう言《い》うと、文面《ぶんめん》を声《こえ》に出《だ》して読《よ》みあげた。

イヌワシ、マーモット、アカシカの群《む》れ――
大草原《だいそうげん》の国《くに》　モンゴルへ行《い》き
エコ・ボランティアになってください

大草原《だいそうげん》をわたる風《かぜ》に乗《の》って　車輪《しゃりん》をまわし
夜《よる》に向《む》かって　呼《よ》びかけてください
「うず巻《ま》く風《かぜ》よ、歌《うた》になれ！」と

自分自身《じぶんじしん》で　ことばをつむいで
自然《しぜん》に生《い》きる者《もの》たちの歌《うた》を　歌《うた》いましょう
自分《じぶん》にできることを　やりとげたなら
あとは　風《かぜ》にまかせるだけです

「お兄《にい》ちゃん、『**モンゴル**』って、どこ?」アニーがたずねた。

「モンゴルっていうのは、たしか、アジアの……中国《ちゅうごく》とロシアのあいだにある国《くに》だよ。ぼくのイメージでは、広《ひろ》い草原《そうげん》を馬《うま》が走《はし》りまわってる、って感《かん》じかな」

「ふうん。じゃあ、『**エコ・ボランティア**』って?」

「『エコ』っていうのは『エコロジー』の略《りゃく》だ。エコロジーというのは、自然《しぜん》はすべてがつながっていて、おたがいに影響《えいきょう》をおよぼしあっている、という意味《いみ》なんだよ。べつの言《い》いかただと、『生態系《せいたいけい》』っていって――」

「お兄《にい》ちゃん、生態系《せいたいけい》のことは、まえになんども聞《き》いたわ」

アニーは言《い》ったが、ジャックはかまわず話《はな》しつづけた。

「自然界《しぜんかい》では、なにかがひとつなくなると、ほかのものがすべてダメになってしまうことがあるんだよ。たとえば――」

「だから、エコロジーの意味《いみ》じゃなくて、エコ・ボランティアがなにかをおしえて?」

「エコ・ボランティアっていうのは、自然環境《しぜんかんきょう》をまもるような活動《かつどう》をする人《ひと》のことだよ。たとえば公園《こうえん》に花《はな》を植《う》えるとか、鳥《とり》の巣箱《すばこ》を作《つく》って木《き》にとりつけるとか、海岸《かいがん》のプラスチックごみを集《あつ》めるとか……」

「なるほど！　今回《こんかい》わたしたちは、エコロジーをまもるために、モンゴルでボランティア活動《かつどう》をするのね！」

するとこんどは、ジャックがたずねた。

「ところでアニー、**マーモット**ってなんだっけ？」

「お兄《にい》ちゃん、見《み》たことあるでしょ？　リスの仲間《なかま》で、ウッドチャックによく似《に》てて、ちょっとずんぐりむっくりしてるの」

「ずんぐりむっくり、ね」ジャックが笑《わら》った。

「お兄《にい》ちゃん、ほかに質問《しつもん》は？」

「ちょっと待《ま》って。モンゴルについて書《か》かれた本《ほん》はあるかな。冒険《ぼうけん》に持《も》っていきたいんだけど……」

ジャックはツリーハウスの中《なか》を見《み》まわした。だが、それらしい本《ほん》は見《み》あたらない。

「今回《こんかい》の冒険《ぼうけん》には、ガイドブックはないみたいだな」

「だいじょうぶよ。むこうに行《い》けばなんとかなるわ！　いままでも、だいたいそうだったじゃない」

「そうだね。それじゃあ出発《しゅっぱつ》しよう。アニー、準備《じゅんび》はいい？」

「うん、ばっちり！」

ジャックはアニーから手紙《てがみ》をうけとると、二行目《ぎょうめ》の『**モンゴル**』ということばの上《うえ》に指《ゆび》をおいて、大《おお》きな声《こえ》でとなえた。

「**モンゴル――ここに、行《い》きたい！**」

そのとたん、風《かぜ》が巻《ま》きおこった。

ツリーハウスが、いきおいよくまわりはじめた。

回転《かいてん》はどんどんはやくなる。

ジャックは思《おも》わず目《め》をつぶった。

やがて、なにもかもがとまり、しずかになった。

なにも聞《き》こえない。

エコ・ボランティア・ツアーへようこそ

ププー！

ブルルル……

あちこちでクラクションが鳴《な》っている。たくさんの自動車《じどうしゃ》やオートバイの排気音《はいきおん》も聞《き》こえてくる。

ジャックは目《め》を開《あ》け、アニーとならんで窓《まど》の外《そと》を見《み》た。

ツリーハウスがついたのは、近代的《きんだいてき》なビルがたちならぶ都会《とかい》の、大《おお》きな広場《ひろば》にある木《き》の上《うえ》だった。

ジャックはとまどいながら、言《い》った。

「ここがモンゴル……？　ぼくが想像《そうぞう》してたのと、なんかちがうな」

「ほんと。イヌワシも、マーモットも、アカシカの群《む》れも、どこにもいないわ」

広場《ひろば》はサッカー競技場《きょうぎじょう》ぐらいの広《ひろ》さで、まん中《なか》に馬《うま》に乗《の》った勇《いさ》ましい男《おとこ》の人《ひと》の像《ぞう》がある。その像《ぞう》を見《み》まもるように、石《いし》づくりの宮殿《きゅうでん》のような建物《たてもの》がたっている。

「ところで、ここはこんな大都会《だいとかい》なのに、どうしてぼくたちは、山《やま》へキャンプに行《い》くみたいなかっこうをしてるんだろう？」

ジャックは自分《じぶん》たちの服装《ふくそう》を見《み》ながら言《い》った。ふたりともハイキングシューズにカーゴパンツ、長《なが》そでシャツに、大《おお》きなポケットがついたベストを着《き》て、〈**エコ・ボランティア**〉というロゴマークがついた帽子《ぼうし》をかぶっている。

「うん、たしかに」アニーも言《い》う。

ジャックは、もう一度《ど》モーガンからの手紙《てがみ》を見《み》た。

大草原《だいそうげん》の国《くに》　モンゴルへ行《い》き
エコ・ボランティアになってください

「うーん……ここでエコ・ボランティアって、いったいなにをするんだろう？」

ジャックが考《かんが》えこんでいると、アニーが言《い》った。

「もしかしたら、今回《こんかい》の任務《にんむ》は、この公園《こうえん》にいる小鳥《ことり》たちにエサをやることなのかも。

それか、花《か》だんに花《はな》の苗《なえ》を植《う》えるとか」

「いや、そんなはずないよ。手紙《てがみ》には『大草原《だいそうげん》』って書《か》いてあるし……。とりあえず、下《した》におりてようすを見《み》てみよう」

ジャックはモーガンからの手紙《てがみ》をベストのポケットに入《い》れると、アニーとふたりでなわばしごをおりた。

公園《こうえん》の芝生《しばふ》におり立《た》つと、ふたりは、すぐ先《さき》に見《み》える大通《おおどお》りに向《む》かって歩《ある》きだした。

そのとたん、アニーが声《こえ》をあげた。

「あっ、お兄《にい》ちゃん、見《み》て！　あれって、わたしたちのことじゃない？」

「なに？　どこ？」

アニーが公園《こうえん》の角《かど》にとまっているバスを指《ゆび》さした。古《ふる》びたバスの車体《しゃたい》には、こんな文字《もじ》が書《か》かれていた。

モンゴル・ツアー
エコ・ボランティア

「ほんとだ！　帽子《ぼうし》についてる『**エコ・ボランティア**』のロゴとおんなじだよ！」

ふたりはバスのほうに向《む》かって、かけだした。

バスの乗車口《じょうしゃぐち》近《ちか》くに、海外《かいがい》から来《き》たらしいふたりづれがふた組《くみ》、大《おお》きなリュックを背負《せお》ってならんでいた。

その横《よこ》に、クリップボードを手《て》にした女《おんな》の子《こ》が立《た》っていた。黒髪《くろかみ》を三《み》つ編《あ》みにし、赤《あか》いロングコートのような服《ふく》を着《き》て、オレンジ色《いろ》の帯《おび》をしめている。ボードにはさんだ紙《かみ》を見《み》ながら、列《れつ》にならんだ人《ひと》たちの名《な》まえを確認《かくにん》しているようだ。

そのあと、女《おんな》の子《こ》はバスの中《なか》にはいっていき、トートバッグをいくつか手《て》にして出《で》てきた。バッグには『**エコ・ボランティア**』のロゴマークがプリントされている。

「はい。このトートバッグは、ひと組《くみ》にひとつずつくばりますね」

そう言《い》って、女《おんな》の子《こ》はふた組《くみ》の参加者《さんかしゃ》たちにトートバッグを手《て》わたした。

「それでは、ボランティアのみなさん、バスにご乗車《じょうしゃ》ください！」

四人《にん》のボランティアたちがバスに乗《の》りこむと、女《おんな》の子《こ》はジャックとアニーのほうに顔《かお》を向《む》けた。

ECO VOLUNTEER
MONGOLIAN TOURS
ECO VOLUNTEER
ECO VOLUNTEER
MT53

「こんにちは！　エコ・ボランティア・ツアーへようこそ！　案内係《あんないがかり》のトーヤです」

トーヤは黒《くろ》いひとみをかがやかせ、あふれんばかりの笑顔《えがお》で言《い》った。

「こんにちは！　わたしはアニー、こちらは兄《あに》のジャック。わたしたち、アメリカのペンシルベニア州《しゅう》から来《き》たの」

アニーも満面《まんめん》の笑顔《えがお》でこたえた。

トーヤが、手《て》もとの紙《かみ》に目《め》を走《はし》らせた。

「アニーとジャック……。えーと、ここにはお名《な》まえがのってないけど……。いっしょに参加《さんか》する保護者《ほごしゃ》の方《かた》は？」

「わたしたちだけなの。でも、このツアーに参加《さんか》することになっているのはたしかよ」

アニーが帽子《ぼうし》のロゴを指《ゆび》さして見《み》せると、トーヤがこまったような顔《かお》をした。

「まあ、きっとツアー会社《がいしゃ》の手《て》ちがいね……。ごめんなさい、エコ・ボランティア・ツアーには、子《こ》どもは保護者《ほごしゃ》といっしょじゃないと参加《さんか》できない決《き》まりなの」

「あっ、それはだいじょうぶ。エコ・ボランティアならわたしたち、世界《せかい》のいろんな場所《ばしょ》でなんども経験《けいけん》してるから――兄妹《きょうだい》ふたりだけでね！」

自信《じしん》まんまんで言《い》うアニーの顔《かお》を、トーヤはうたがわしそうに見《み》る。

「ほんとよ！　このあいだは※2南《みなみ》アフリカで、絶滅危惧種《ぜつめつきぐしゅ》のサイの親子《おやこ》を密猟者《みつりょうしゃ》から救《すく》ったし」

ジャックも説得《せっとく》にくわわった。

「そう、それから太平洋《たいへいよう》のガラパゴス諸島《しょとう》で、百《ひゃく》五十歳《さい》のゾウガメを溶岩流《ようがんりゅう》から救出《きゅうしゅつ》したんだ。エクアドル軍《ぐん》のヘリコプターでね」

するとトーヤは、おかしそうに笑《わら》いだした。

「すごい！　ふたりとも、想像力《そうぞうりょく》が豊《ゆた》かなのね」

「うん、よく言《い》われるわ。でも、いま言《い》ったことは想像《そうぞう》じゃなくて、ほんとのことよ」

アニーがくいさがる。

そのとき、**ブルルルン！**と大《おお》きな音《おと》がして、バスのエンジンがかかった。それと同時《どうじ》に、運転手《うんてんしゅ》の声《こえ》が聞《き》こえてくる。

「おーいトーヤ、そろそろ時間《じかん》だ！　さあ、はやく乗《の》った、乗《の》った！」

ジャックはあせって言《い》った。

※2『マジック・ツリーハウス51　サファリ・ツアーの大冒険』

「トーヤ、バスに乗《の》せて！　ぼくたちはグリーンランド[※3]で氷《こおり》に閉《と》じこめられたイッカクを助《たす》けたこともあるし、ペルー[※4]のマチュピチュで赤《あか》ちゃんリャマを救出《きゅうしゅつ》したこともある。中国《ちゅうごく》[※5]の四川省《しせんしょう》でパンダを助《たす》けたことだってあるんだよ！」

「えっ、パンダも助《たす》けたの!?」

トーヤが目《め》をまるくする。

「ほんとだってば！　わたしたち、ヒマラヤ山脈《さんみゃく》[※6]でユキヒョウにも会《あ》ったのよ！」

アニーが真剣《しんけん》な顔《かお》でうったえる。

「そう……うん、よくわかったわ、あなたたちが本気《ほんき》だってことは」

トーヤはにこっと笑《わら》った。

「さあ、ふたりともバスに乗《の》って。いちばんうしろの席《せき》に行《い》って、運転手《うんてんしゅ》のおじさんとは目《め》をあわせないようにね。説明《せつめい》はあとでわたしがしておくから。はい、これ！」

そう言《い》って、トーヤはトートバッグをさしだした。

「トーヤ、ありがとう！」

ジャックがバッグを受《う》けとり、ふたりは、トーヤのあとからバスに乗《の》りこんだ。

※3『マジック・ツリーハウス 47　北の海の冒険者』
※4『マジック・ツリーハウス 48　インカ帝国 天空の都』
※5『マジック・ツリーハウス 34　パンダ救出作戦』
※6『マジック・ツリーハウス 50　ヒマラヤ白銀のゴースト』

トーヤは、とんがり帽子《ぼうし》をかぶった運転手《うんてんしゅ》に話《はな》しかけながら、背中《せなか》に手《て》をまわし、「うしろへ行《い》って」と合図《あいず》を送《おく》ってくる。

ジャックとアニーはすばやく移動《いどう》し、いちばんうしろの席《せき》に腰《こし》を落《お》ちつけた。

「お兄《にい》ちゃん、うまくいったわね！」

アニーがひそひそ声《ごえ》で言《い》う。

「うん。まずは第一関門通過《だいいちかんもんつうか》だ」

そう言《い》いながら、ジャックはトートバッグの中《なか》をのぞきこんだ。

「うわ、いいものがはいってるぞ！　双眼鏡《そうがんきょう》がふたつ、それから……エコ・ボランティア・ツアーのガイドブックだ！」

ジャックはガイドブックをとりだし、表紙《ひょうし》に書《か》かれた文字《もじ》を読《よ》んだ。

> ホスタイ国立公園《こくりつこうえん》　エコ・ボランティア・ツアー
> 催行日《さいこうび》　一九九二年《ねん》六月五日《がついっか》〜

「お兄《にい》ちゃん、わたしたち、一九九二年《ねん》六月《がつ》のモンゴルにタイムスリップしたのね！」

「うん、そうみたいだ」

ジャックはガイドブックの表紙《ひょうし》をめくった。

集合場所《しゅうごうばしょ》：モンゴル国《こく》の首都《しゅと》ウランバートルのスフバートル広場《ひろば》まえ
　ホスタイ国立公園《こくりつこうえん》まで、バスで移動《いどう》します
エコ・ボランティア・ツアー内容《ないよう》：
・遊牧民《ゆうぼくみん》の家族《かぞく》が住《す》むテント式住宅《しきじゅうたく》（ゲル）でホームステイ
・パーク・レンジャー（国立公園《こくりつこうえん》の保護官《ほごかん》）の指示《しじ》のもと、
　動植物《どうしょくぶつ》にかんするデータを集《あつ》めていただきます

「お兄《にい》ちゃん、『遊牧民《ゆうぼくみん》』ってなあに？」

アニーがたずねた。

「たくさんの家畜《かちく》をつれて、土地《とち》を移動《いどう》しながらくらす人《ひと》たちのことだよ」

「ふうん。その人《ひと》たちのテントにホームステイするのね。たのしそう！」

「だけど、へんだな。どっちを見《み》てもビルばっかりで、大草原《だいそうげん》も遊牧民《ゆうぼくみん》のテントも、ぜんぜん見《み》えないよ。いったいぼくたち……」

そのとき、まえのほうから運転手《うんてんしゅ》のおじさんのだみ声《ごえ》が聞《き》こえてきた。大《おお》きなとんがり帽子《ぼうし》が動《うご》いているのが見《み》える。

「――ああ、いよいよだ」

ジャックとアニーは、耳《みみ》をそばだてた。

「――けさ、飛行機《ひこうき》が無事《ぶじ》について――」

「――出《で》むかえには、なん百人《びゃくにん》っていう人《ひと》が――」

「――あれからもう、二十年《ねん》以上《いじょう》もたっちまって……」

「――いやあ、いままで生《い》きてきて、こんなにわくわくしたことはないよ！　なにしろ――」

運転手《うんてんしゅ》は、バスを出発《しゅっぱつ》させるのもわすれてしゃべっている。

「――あなたたちは、今日《きょう》ボランティアに参加《さんか》できて、ほんとに運《うん》がよかったよ！」

アニーはジャックに顔《かお》を向《む》けた。

「ねえ、運転手《うんてんしゅ》さん、なんの話《はなし》をしてるの？」

ジャックは首《くび》をかしげた。

「さあ……。だれか有名人《ゆうめいじん》でも来《く》るのかなあ」

運転手《うんてんしゅ》が車内《しゃない》に向《む》かって、声《こえ》を張《は》りあげた。

「それじゃあ出発《しゅっぱつ》します！　到着予定《とうちゃくよてい》は二時間後《じかんご》だ。みなさん、奇跡《きせき》の瞬間《しゅんかん》にそなえて、心《こころ》の準備《じゅんび》をしておいてくださいよ！」

(奇跡《きせき》の瞬間《しゅんかん》……？　ますますなぞだな)

ジャックが考《かんが》えていると、バスのドアが大《おお》きなきしり音《おん》をたてて閉《し》まった。車体《しゃたい》はかなりオンボロらしい。

ププ———！

クラクションが鳴《な》りひびき、エコ・ボランティアたちを乗《の》せたバスは、車《くるま》がひしめく大通《おおどお》りへと走《はし》りだした。

大《だい》草《そう》原《げん》への道《みち》

バスは高層《こうそう》ビルがたちならぶ大都会《だいとかい》を、のろのろと進《すす》んでいく。

そのあいだも運転手《うんてんしゅ》は、まえのほうにすわっているボランティアたちと話《はな》しつづけていた。

ジャックとアニーは座席《ざせき》から身《み》を乗《の》りだし、会話《かいわ》に耳《みみ》をすましました。だが、エンジン音《おん》やまわりの喧騒《けんそう》で、声《こえ》はまったく聞《き》きとれない。

「お兄《にい》ちゃん、運転手《うんてんしゅ》さんの話《はなし》、聞《き》こえる？」

「いや、ぜんぜん」

「おじさんがさっき、あなたたちは今日《きょう》参加《さんか》できて運《うん》がよかった、って言《い》ってたでしよ？　あれ、どうしてかしらね」

「わからない。でも『どうしてですか？』なんて、いまさら聞《き》けない雰囲気《ふんいき》だよね」

アニーは肩《かた》をすくめてみせた。

「……まあいいわ。そのうちわかるでしょうから」

ジャックとアニーは、窓《まど》の外《そと》をながめた。といっても、道路《どうろ》の両《りょう》がわにたつビルの壁《かべ》と、歩道《ほどう》をいそがしく行《い》き来《き》する人々《ひとびと》の頭《あたま》が見《み》えるだけだ。

ジャックはしかたなく、ガイドブックに目《め》を落《お》とした。

ページをめくると、大《おお》きな地図《ちず》が（↓147ページ参照《さんしょう》）、さらにページをめくると、モンゴルについての説明《せつめい》がのっていた。


エコ・ボランティア・ツアーにご参加《さんか》のみなさん、モンゴルへようこそ！

●モンゴル国《こく》とは

モンゴル国《こく》は東《ひがし》アジアの内陸部《ないりくぶ》にあり、北《きた》はロシア、南《みなみ》は中国《ちゅうごく》に接《せっ》しています。北部《ほくぶ》をのぞくほとんどの地域《ちいき》では、雨《あめ》がすくないために樹木《じゅもく》が育《そだ》ちにくく、国土《こくど》の七〇パーセント以上《いじょう》が草原《そうげん》です。

面積《めんせき》百《ひゃく》五十六万平方《まんへいほう》キロメートルに対《たい》し、人口《じんこう》は三百《びゃく》三十万人弱《まんにんじゃく》で、世界《せかい》でもっとも人口密度《じんこうみつど》の低《ひく》い国《くに》のひとつです。

●首都《しゅと》ウランバートル

モンゴル国《こく》の首都《しゅと》ウランバートルは、山《やま》にかこまれた盆地《ぼんち》にある都市《とし》で、モンゴルの政治《せいじ》・経済《けいざい》・文化《ぶんか》・交通《こうつう》の中心地《ちゅうしんち》です。

標高《ひょうこう》およそ一三五〇メートルの高地《こうち》のため、真夏《まなつ》は気温《きおん》四十度《ど》をこえることもある一方《いっぽう》、真冬《まふゆ》はマイナス三十度《ど》を下《した》まわることもあり、年間《ねんかん》の平均気温《へいきんきおん》もマイナスです。

そのため「世界《せかい》でいちばん寒《さむ》い首都《しゅと》」ともいわれています。

ジャックが、「なるほど」とうなずきながら言《い》った。

「そうかあ。ぼくたちがついたところは、モンゴルのなかでも特別《とくべつ》に大《おお》きな都市《とし》だったんだ」

アニーも納得《なっとく》したように言《い》った。

「よかった。行《い》き先《さき》をまちがえちゃったのかと思《おも》ったけど、バスに二時間《じかん》乗《の》っていれば、大草原《だいそうげん》に行《い》けるのね」

バスが町《まち》はずれのほうにやってくると、しだいに窓《まど》の外《そと》のけしきは、食《た》べ物《もの》や衣料《いりょう》品《ひん》、日用雑貨《にちようざっか》をならべる商店《しょうてん》や、ガソリンスタンド、町工場《まちこうば》、小《ちい》さなアパートなどに変《か》わっていった。

さらにしばらく走《はし》っていくと、道沿《みちぞ》いの建物《たてもの》はぽつぽつとまばらになり、やがて、電信柱《でんしんばしら》も送電線《そうでんせん》もなくなった。

気《き》がつくと、舗装道路《ほそうどうろ》はいつのまにかでこぼこの土《つち》の道《みち》になり、走《はし》っているのはバス一台《だい》になっていた。窓《まど》の外《そと》には見《み》わたすかぎりのまっ青《さお》な空《そら》と、どこまでもつづく大草原《だいそうげん》が広《ひろ》がっている。

「うわあ、空《そら》が大《おお》きい……！　さっきまでは、ほとんど見《み》えなかったのに」

雄大《ゆうだい》なけしきを見《み》つめながら、ジャックがふと思《おも》いだした。

「そうだ。アニー、双眼鏡《そうがんきょう》があるよ」

「うん、見《み》てみたい！」

ジャックはトートバッグから双眼鏡《そうがんきょう》をとりだし、ひとつをアニーにわたした。

ふたりは双眼鏡《そうがんきょう》をかかげ、窓《まど》のむこうに広《ひろ》がる草原《そうげん》をながめた。

ECO VOLUNTEER

ECO
VOLUNTEER

道《みち》からすこしはなれたところに、小《ちい》さな動物《どうぶつ》がかたまって立《た》っているのが見《み》えた。

「アニー、あれは……」

ジャックが言《い》いおわらないうちに、アニーがさけんだ。

「わあっ、かわいい！　お兄《にい》ちゃん、あれがマーモットよ！」

ふさふさした灰色《はいいろ》の毛《け》でおおわれたマーモットたちは、まるでぬいぐるみのように愛《あい》くるしかった。くりくりした大《おお》きな目《め》でバスをながめながら、鼻《はな》を動《うご》かしてあたりの空気《くうき》をかいでいる。

「お兄《にい》ちゃん、あっちにアカシカがいるわ！」

ジャックは、アニーが指《ゆび》さしたほうに双眼鏡《そうがんきょう》を向《む》けた。

丘《おか》の稜線《りょうせん》――青《あお》い空《そら》とみどりの草原《そうげん》のさかいめを、大《おお》きな角《つの》が生《は》えたシカが数頭《すうとう》、ゆっくり歩《ある》いているのが見《み》える。

「大《おお》きな角《つの》だな……。アカシカって、ヘラジカとよく似《に》てるんだね」

「アカシカもヘラジカも、どっちもシカの仲間《なかま》だけど、ちがう種類《しゅるい》なのよ！」

アニーはかなり興奮《こうふん》ぎみだ。

さらにバスが進《すす》んでいくと、馬《うま》に乗《の》った人《ひと》たちの隊列《たいれつ》が見《み》えてきた。一行《いっこう》は家族《かぞく》だろうか。たくさんの家畜《かちく》をつれ、大《おお》きな荷物《にもつ》を積《つ》んだ荷車《にぐるま》を引《ひ》いて、草原《そうげん》を横切《よこぎ》っているところだった。

「遊牧民《ゆうぼくみん》の人《ひと》たちだ！」

ジャックが双眼鏡《そうがんきょう》をのぞいたままさけんだ。

遊牧民《ゆうぼくみん》の隊列《たいれつ》は、みな長《なが》い上着《うわぎ》を着《き》て、腰《こし》に赤《あか》やオレンジ色《いろ》の帯《おび》をむすんでいた。男《おとこ》の人《ひと》はてっぺんがとがった帽子《ぼうし》をかぶり、女《おんな》の人《ひと》は頭《あたま》にスカーフを巻《ま》いていた。風《かぜ》が強《つよ》いのか、スカーフがはたはたとなびいている。

馬《うま》に乗《の》った列《れつ》のなかには、赤《あか》ちゃんをおんぶしている人《ひと》もいた。片腕《かたうで》に大《おお》きなイヌワシをとまらせている人《ひと》もいる。

「あの人《ひと》、イヌワシを飼《か》いならしてるのね……！」

アニーが感心《かんしん》して、ため息《いき》をもらした。

「イヌワシがペットだなんて、すごいな」

ジャックも言《い》った。

ヒツジやヤギ、牛《うし》などの家畜《かちく》の群《む》れのうしろに、家具《かぐ》やふとんなどを積《つ》んだ荷車《にぐるま》がつづく。

「お兄《にい》ちゃん、ラクダもいるわ！」

見《み》ると、ラクダたちの背《せ》にも、箱《はこ》やつつみがくくりつけられている。

ジャックは双眼鏡《そうがんきょう》をおいて、ふたたびガイドブックを開《ひら》いた。

遊牧民《ゆうぼくみん》の生活《せいかつ》について書《か》かれたページを見《み》つけ、アニーといっしょに読《よ》む。

モンゴルの大草原《だいそうげん》にくらす人々《ひとびと》は、これまでなん千年《ぜんねん》にもわたって遊牧生活《ゆうぼくせいかつ》を送《おく》ってきました。

遊牧民《ゆうぼくみん》は、家畜《かちく》の馬《うま》やヒツジなどが食《た》べる新鮮《しんせん》な草《くさ》と水《みず》を求《もと》めて、転々《てんてん》と草原《そうげん》を旅《たび》します。寒《さむ》さに強《つよ》く重《おも》い荷物《にもつ》を運《はこ》べるラクダをつれていることもあります。

これら馬《うま》、ヒツジ、ヤギ、牛《うし》、ラクダは、遊牧民《ゆうぼくみん》の大切《たいせつ》な家畜《かちく》です。

また、モンゴル伝統《でんとう》の狩《か》りをおこなうために、イヌワシを飼《か》っている人《ひと》もいます。

アニーが顔《かお》をかがやかせた。

「すごいわ！　ねえ、お兄《にい》ちゃん、わたしたちも、ママとパパとたくさんの動物《どうぶつ》たちといっしょに、大自然《だいしぜん》の中《なか》を旅《たび》してくらしたら、どんなにたのしいかしら」

ジャックも想像《そうぞう》をふくらませた。

「うん。パパがイヌワシで狩《か》りをしたら、かっこいいだろうなあ……」

ジャックたちを乗《の》せたバスは、草原《そうげん》のでこぼこ道《みち》を走《はし》りつづけた。バスがゆれるたびに、ふたりのからだも、座席《ざせき》の上《うえ》でボールのようにポンポンはずんだ。

やがて、大草原《だいそうげん》のかなたに、遊牧民《ゆうぼくみん》たちのキャンプ地《ち》が見《み》えてきた。

なだらかな丘《おか》にかこまれたくぼ地《ち》に、円形《えんけい》の白《しろ》いテント式住居《しきじゅうきょ》がならんでいる。そのまわりでは、ヤギやヒツジたちが草《くさ》をはみ、馬《うま》やラクダがのんびりとくつろいでいる。

ジャックはガイドブックのページをめくった。


遊牧民《ゆうぼくみん》のテント式住居《しきじゅうきょ》は、モンゴルのことばでは〈ゲル〉、中国語《ちゅうごくご》では〈パオ〉、

中央《ちゅうおう》アジアのテュルク語《ご》では〈ユルト〉と呼《よ》ばれています。

ゲルは、まず、まん中《なか》に二本《ほん》の柱《はしら》を立《た》て、そのまわりをまるくかこんで立《た》てた壁《かべ》材《ざい》とのあいだに梁《はり》をわたして、骨組《ほねぐ》みをつくります。そこに、ヒツジの毛《け》で作《つく》った布《ぬの》をかけ、風《かぜ》で飛《と》ばないようとめて屋根《やね》や壁《かべ》とします。

寒《さむ》い冬《ふゆ》は毛布《もうふ》をかさね、夏《なつ》のあついときは毛布《もうふ》をめくって風《かぜ》を通《とお》すなどして、部《へ》屋《や》の中《なか》の温度《おんど》を調整《ちょうせい》することができます。

このようにゲルは、木材《もくざい》、羊毛《ようもう》の布《ぬの》、革《かわ》のひもなど、自然《しぜん》の素材《そざい》を使《つか》い、すべてリサイクルします。

ゲルを組《く》みたてるときは家族《かぞく》みんなで協力《きょうりょく》し、およそ二時間《じかん》ほどで完成《かんせい》します。

一方《いっぽう》、解体《かいたい》は一時間《じかん》ほどでおわります。たたんだ資材《しざい》を荷車《にぐるま》に積《つ》んで、すぐにつぎの遊牧地《ゆうぼくち》へと移動《いどう》できるのです。


「へえ……遊牧民《ゆうぼくみん》の人《ひと》たちは、家《いえ》の柱《はしら》も屋根《やね》も、みんなリサイクルするんだ」

ジャックは心《こころ》から感心《かんしん》して言《い》った。

そこからさらに三十分《さんじっぷん》ほど走《はし》って、ようやくバスは遊牧民《ゆうぼくみん》のキャンプ地《ち》に到着《とうちゃく》した。

運転手《うんてんしゅ》はバスをとめると、うしろをふりむいて、乗客《じょうきゃく》たちに言《い》った。

「さあ、つきましたよ！　ホスタイ国立公園《こくりつこうえん》に近《ちか》い、遊牧民《ゆうぼくみん》のキャンプ地《ち》です。みなさんの宿泊先《しゅくはくさき》は、このキャンプ地《ち》のゲルになりますんでね。まずは宿泊先《しゅくはくさき》に荷物《にもつ》をおいて、ひと息《いき》入《い》れてください。国立公園《こくりつこうえん》の事務所《じむしょ》には、午後《ごご》から案内《あんない》します。……それじゃあトーヤ、みなさんにゲルの割《わ》りふりを伝《つた》えておくれ」

すると、トーヤが座席《ざせき》から立《た》ちあがり、クリップボードを見《み》ながら言《い》った。

「はい。えっと……ロスさんたちが泊《と》まるのは、いちばん手《て》まえにあるバヤル一家《いっか》のゲル。ジョンソンさんたちは、そのうしろに見《み》えるガンボルド一家《いっか》のゲルです」

ふた組《くみ》のボランティアは、それぞれリュックを背負《せお》い、くばられたトートバッグを持《も》って、バスからおりていった。

運転手《うんてんしゅ》は、みんながおりたあとも、車内《しゃない》にふたりの子《こ》どもが残《のこ》っているのに気《き》づいて、声《こえ》をかけた。

「あれ、そこのおふたりさん。いそがないと、親御《おやご》さんにおいていかれるぞ」

するとトーヤが、言《い》いにくそうに切《き》りだした。

「カーンおじさん、ちがうの……。じつはね、ジャックとアニーは、今回《こんかい》ふたりだけでエコ・ボランティアに参加《さんか》してるの。でも、ふたりともすごいのよ。だって──」

運転手《うんてんしゅ》のおじさんが、だみ声《ごえ》をあげた。

「子《こ》どもふたりだけで参加《さんか》してるだと？　トーヤ、いったいどういうことだ！」

アニーがあわてて言《い》う。

「あの、運転手《うんてんしゅ》さ……じゃなくて、カーンさん。心配《しんぱい》しないでください。わたしたち、あちこちでエコ・ボランティアをやってきてるんです。南《みなみ》アフリカでサイを助《たす》けたこともあるし、ペルーではリャマの赤《あか》ん坊《ぼう》を、ガラパゴスでは──」

「おじょうちゃんは、ちょっとだまっててくれ」

カーンはアニーをさえぎると、けわしい顔《かお》でトーヤに向《む》きなおった。

「トーヤ。この子《こ》たちを参加《さんか》させることはできん。エコ・ボランティアの仕事《しごと》は遊《あそ》びじゃないんだ。危険《きけん》もあるし、自分《じぶん》の行動《こうどう》に責任《せきにん》がもてるようなおとなでなけりゃあ、まかせられん。そんなことは、おまえもよくわかってるだろう？　とにかく、この子《こ》たちはいますぐ町《まち》へつれて帰《かえ》る」

「カーンおじさん、おねがい！　いますぐじゃなくてもいいでしょう？　今夜《こんや》はうちに泊《と》まってもらうから！」

　トーヤが必死《ひっし》でたのみこむ。

「それに、いまから町《まち》へ行《い》ったら、あれにまにあわなくなっちゃうわ！」

　カーンはしぶい顔《かお》をして、ジャックとアニーを見《み》た。

(どうしよう。このまま町《まち》に送《おく》りかえされたら……)

　ジャックがあせっていると、もう一度《ど》トーヤがたのみこんだ。

「ねえ、カーンおじさん。今夜《こんや》ひと晩《ばん》だけ。おねがい！」

　カーンはトーヤを見《み》て、ため息《いき》をついた。

「……わかった。この子《こ》らは明日《あす》の朝《あさ》、町《まち》へ送《おく》っていく。だがな、トーヤ。くれぐれも気《き》をつけろ。なにか問題《もんだい》が起《お》こったら、エコ・ボランティアは今回《こんかい》かぎりでおしまいだからな。もちろん、おれもおまえもクビだ」

「ありがと、カーンおじさん！　だいじょうぶ、このふたりはベテランだから」

それを聞《き》いて、カーンが言《い》った。

「そうとなれば、さっさとバスをおりてくれ。そろそろ例《れい》のトラックが到着《とうちゃく》する時間《じかん》だ。おれはいまから荷《に》おろしをしに行《い》かなきゃならん」

「わあ！　わたしたちも、いっしょに行《い》っていい？」トーヤが聞《き》く。

カーンは首《くび》をふった。

「だめだ。これはシニア・レンジャーの仕事《しごと》だからな」

だが、すぐに口調《くちょう》をやわらげ、こうつけたした。

「あとでみんなといっしょに見《み》に来《く》るといい。おれたちシニア・レンジャーが安全《あんぜん》にクレートを開《あ》ける準備《じゅんび》をおえてから、な」

「わかったわ、カーンおじさん！　あとでみんなと行《い》くからね！」

「おお。気《き》をつけて来《く》るんだぞ」

トーヤがふりむいて、ジャックとアニーに言《い》った。

「それじゃ、うちへ案内《あんない》するわ！」

ジャックとアニーは、カーンにお礼《れい》を言《い》ってから、バスをおりた。

バスが走《はし》り去《さ》るのを見送《みおく》りながら、アニーが言《い》った。

「迷惑《めいわく》かけちゃってごめんね、トーヤ」

「ううん、だいじょうぶ！　カーンおじさんはこわそうに見《み》えるけど、すごくやさしい人《ひと》だから。わたしの母《かあ》さんも、ふたりのこと、よろこんでむかえてくれると思《おも》うわ。うちにはボランティアさんがよく泊《と》まってるから、お客《きゃく》さんにはなれてるし」

そこでジャックは、思《おも》いきってたずねた。

「……ところで、トーヤ。カーンさんたちは、いったいなんの準備《じゅんび》をしているの？」

アニーも質問《しつもん》する。

「あと、クレートってなんのこと？」

トーヤは一瞬《いっしゅん》、ぽかんと口《くち》を開《あ》けた。

「え……、クレートっていうのはね、積《つ》み荷《に》を入《い》れる大《おお》きな箱《はこ》のことよ」

「ふうん。それで、その箱《はこ》の中《なか》には、なにがはいってるの？」と、アニー。

トーヤが目《め》をまるくする。

「あなたたち、ほんとに知《し》らないの？」

「知《し》らないわ」

「まさか！　わたしてっきり、あなたたちはそれを見《み》に来《き》たのかと思《おも》ってた！」

ジャックは、なんだかはずかしいような気《き》もちになってきた。

「じつはだれにも聞《き》けなくて、こまってたんだ。トーヤ、こっそりおしえて」

「うーん、だったら……あなたたちにはまだ秘密《ひみつ》にしておこうかな！」

トーヤはいたずらっぽく笑《わら》った。

「うふふ……あとでびっくりさせてあげるから、たのしみにしてて。もうすぐよ。もうすぐ会《あ》えるの。わたしたちがずっと待《ま》っていたものと！」

「もうすぐ会《あ》える……トーヤたちがずっと待《ま》っていたものと？」

アニーがトーヤのことばをくりかえした。

トーヤが力強《ちからづよ》くうなずいた。

「そうよ。ほんとにたのしみなの！」

ホストファミリーは遊牧民《ゆうぼくみん》

草原《そうげん》を風《かぜ》が吹《ふ》きぬけ、みどりの大地《だいち》がざわざわと波《なみ》を立《た》てた。

トーヤは草原《そうげん》を見《み》わたした。

「──わたしは、夏《なつ》の草原《そうげん》が大好《だいす》き。風《かぜ》が吹《ふ》くと、草原《そうげん》に風《かぜ》の形《かたち》がはっきり見《み》えるでしょう？　はば広《ひろ》いのやほそ長《なが》いの、まっすぐなのやうず巻《ま》きのものや……。風《かぜ》は遠《とお》いむかしからの大地《だいち》の声《こえ》を伝《つた》えてくれるの。『**生《い》き物《もの》の命《いのち》を大切《たいせつ》にあつかいなさい。そうすれば、自然《しぜん》があなたたちをまもってくれる**』って──」

それから、ジャックとアニーをふりむいて言《い》った。

「さあ、行《い》きましょ。いちばん奥《おく》のゲルが、わたしのうちよ。夏《なつ》は毎年《まいとし》ここでキャンプしてるの」

「トーヤの家族《かぞく》は遊牧民《ゆうぼくみん》なのね」

アニーが言《い》うと、トーヤはほこらしげにうなずいた。

「そうよ。わたしたちは、なん千年《ぜんねん》もこうして遊牧生活《ゆうぼくせいかつ》をしてきたの」

「すてきね！」

ジャックとアニーは、まぶしそうにトーヤを見《み》た。

それから三人《にん》は、しげみの葉《は》をかじるヤギや、足《あし》もとの草《くさ》をむしるヒツジたちを見《み》ながら、歩《ある》いていった。

大《おお》きなハサミを手《て》に、ヒツジをおさえつけている男《おとこ》の子《こ》がいた。

「あんな小《ちい》さい子《こ》がヒツジの毛《け》を刈《か》ってるよ。あぶなくないのかな」

ジャックが言《い》うと、トーヤが笑《わら》って言《い》った。

「あの子《こ》はわたしの弟《おとうと》で、ガンっていうのよ。わたしもあれくらいの年《とし》にはひとりでヒツジの毛《け》を刈《か》ってたわ。ここではみんなそうよ」

ガンはこちらに顔《かお》を向《む》けて、はずかしそうに笑《わら》った。

「ヒツジの毛《け》は、刈《か》らないでいるとどんどんのびて、雨《あめ》の日《ひ》はぬれて重《おも》くなるし、あつい日《ひ》は熱《ねつ》がこもって、熱中症《ねっちゅうしょう》になってしまうの。だから、毎年夏《まいとしなつ》のはじめに、いっせいに毛刈《けが》りをするのよ」

「へえ、そうなんだ」

VOLUNTEER

「刈《か》りとったヒツジの毛《け》は、服《ふく》やじゅうたんにしたり、ゲルをおおう毛布《もうふ》にしたりするの。自分《じぶん》たちで使《つか》わないぶんは、町《まち》の市場《いちば》で売《う》って、本《ほん》とか電化製品《でんかせいひん》とかを買《か》うのに使《つか》うわ。だから、ヒツジの毛《け》を刈《か》るのは大切《たいせつ》な仕事《しごと》なの。家畜《かちく》の世話《せわ》をするのは、家族《かぞく》みんなの仕事《しごと》よ。まだ小《ち》さい子《こ》でも、できることをやるの。わたしはヒツジのほかにも、馬《うま》、ヤギ、ラクダ、ヤクの世話《せわ》を手伝《てつだ》っているわ。それから――夏《なつ》のあいだは、ホスタイ国立公園《こくりつこうえん》のジュニア・レンジャーもやっているけど」

ジャックが言《い》った。

「レンジャー……そういえば、南《みなみ》アフリカのクルーガー国立公園《こくりつこうえん》にも、レンジャーがいたな。銃《じゅう》を持《も》って保護区《ほごく》をパトロールしていたよ。ぼくたち密猟者《みつりょうしゃ》とまちがえられて、たいへんだったんだ」

アニーも、興味《きょうみ》しんしんでたずねた。

「レンジャーっていうのは、動物《どうぶつ》たちをまもる仕事《しごと》をする人《ひと》たちのことでしょう？　トーヤは、どんなことをしているの？」

トーヤがこたえる。

「そりゃあもう、いろんなことよ！　保護区《ほごく》にすんでいるアカシカや、マーモットや、モンゴルガゼルの数《かず》をかぞえて記録《きろく》したり、オオカミがあらわれたあとがあるかどうか調《しら》べたり――」

「えっ、オオカミ!?　このあたりにオオカミがいるの？」

ジャックがぎょっとして聞《き》いた。

「そうよ。オオカミたちは、わたしたち遊牧民《ゆうぼくみん》よりもずっとむかしから、この大草原《だいそうげん》でくらしているの。いまもこのあたりに、すごく大《おお》きな銀色《ぎんいろ》のオオカミとその一族《いちぞく》がすんでいて、夜《よる》になると、丘《おか》のむこうから遠吠《とおぼ》えが聞《き》こえるの。だからわたしたちは、どんなに遠《とお》くまで放牧《ほうぼく》に出《で》かけても、かならず日《ひ》がしずむまでには帰《かえ》ってきて、家畜《かちく》たちを安全《あんぜん》なかこいの中《なか》に入《い》れるのよ」

「そ、そうなんだ……」

「でも、心配《しんぱい》しなくてだいじょうぶ。オオカミは人間《にんげん》をきらっているから、このキャンプ地《ち》の中《なか》まではいってこないわ」

「ほかには、どんなことを？」と、アニー。

「そうね、エコ・ボランティアの案内係《あんないがかり》も、大事《だいじ》な仕事《しごと》よ。『こんにちは。エコ・ボランティア・ツアーへようこそ！』ってね」

「うん、トーヤ、とってもいい感《かん》じだった！」

そこでトーヤは、ふっと表情《ひょうじょう》をくもらせた。

「でも、いまモンゴルの草原《そうげん》では、野生動物《やせいどうぶつ》の数《かず》がどんどん減《へ》っていて……。わたしたちは、なんとかして動物《どうぶつ》たちをまもりたいと思《おも》っているの。でも、やることがありすぎて、わたしたちだけでは足《た》りなくて……」

そのあとを、ジャックが引《ひ》きとった。

「それで、エコ・ボランティアに手伝《てつだ》ってもらうことになったんだね」

トーヤはにっこり笑《わら》って言《い》った。

「そうなの！　エコ・ボランティア・ツアーには、国内《こくない》だけじゃなくて、外国《がいこく》の人《ひと》もおおぜい参加《さんか》してくれるようになったのよ。ボランティアさんから世界《せかい》じゅうの動物《どうぶつ》たちの話《はなし》が聞《き》けて、すごく勉強《べんきょう》になるわ」

トーヤの家族《かぞく》

トーヤの家族《かぞく》がすんでいるゲルの玄関《げんかん》は、まっ赤《か》な木《き》の扉《とびら》だった。

屋根《やね》からつきでた煙突《えんとつ》からは、もくもくと煙《けむり》が立《た》ちのぼっている。

「母《かあ》さんに事情《じじょう》を話《はな》してくるから、ちょっとここで待《ま》っててね」

そう言《い》ってトーヤは、ゲルの中《なか》にはいっていった。

そのあいだに、ジャックはトートバッグからガイドブックをとりだし、ゲルについての説明《せつめい》書《が》きのつづきを読《よ》んだ。


ゲルの大《おお》きさは、直径《ちょっけい》およそ五～六メートル。扉《とびら》は南向《みなみむ》きにとりつけ、いちばん奥《おく》に、祭壇《さいだん》や家族《かぞく》の貴重品《きちょうひん》などをおきます。まん中《なか》にストーブをおき、そこで料《りょう》理《り》をつくり、家族《かぞく》はストーブのまわりにすわって食事《しょくじ》をします。

夜《よる》は、壁《かべ》ぎわのベッドで休《やす》みます。

ジャックがその先《さき》を読《よ》もうとしたとき、玄関《げんかん》の扉《とびら》が開《あ》いた。

トーヤのあとから、むらさきの服《ふく》を着《き》た女《おんな》の人《ひと》が出《で》てきて、ジャックとアニーに笑《わら》いかけた。はつらつとした目《め》もとが、トーヤとそっくりだ。

「あなたたちが、ジャックとアニーね。わたしはトーヤの母親《ははおや》のバトゥよ」

「はじめまして」

「遠《とお》くからようこそ！　さあ、中《なか》におはいりなさい！」

「はい、おじゃまします！」

トーヤが「ね、言《い》ったとおりでしょ？」という顔《かお》でにっこり笑《わら》った。

円形《えんけい》の広《ひろ》いテントの中《なか》には、天窓《てんまど》から光《ひかり》がさしこんでいた。床《ゆか》には赤《あか》いカーペットが敷《し》かれ、部屋《へや》のまん中《なか》には大《おお》きなストーブがおかれている。

いちばん奥《おく》に赤《あか》くぬられたかざり棚《だな》があり、そこは祭壇《さいだん》として使《つか》われているようだった。小《ちい》さな仏像《ぶつぞう》や、ご先祖《せんぞ》さまと思《おも》われる肖像画《しょうぞうが》や写真《しゃしん》がおかれ、花《はな》がかざられている。そして、カーブした壁《かべ》にそって、テーブル、ソファなどの家具《かぐ》がならんでいた。

「わたしたちはこの部屋《へや》で、家族《かぞく》もお客《きゃく》さんもみんないっしょにすごすのよ。今夜《こんや》あなたたちは、そこで寝《ね》てちょうだいね」

トーヤのお母《かあ》さんが、壁《かべ》ぎわのソファを指《ゆび》さして言《い》った。座面《ざめん》にふわふわしたヒツジの毛皮《けがわ》がかけてある。

ストーブの上《うえ》の大《おお》きななべから、おいしそうなにおいがただよってきた。

「ここにすわって。お昼《ひる》ごはんをめしあがれ！」

「うれしい！　おなかぺこぺこだったんです」

ふたりはトーヤといっしょに、ストーブの近《ちか》くのテーブルについた。

お母《かあ》さんは、こんがり焼《や》けたサクサクのパン、深皿《ふかざら》にたっぷりのクリームチーズ、あたたかいミルクティーをならべると、「ちょっとガンのようすを見《み》てくるわ」と言《い》って、ゲルを出《で》ていった。

トーヤが食《た》べ物《もの》の説明《せつめい》をする。

「このクリームチーズは、しぼりたてのヤギのお乳《ちち》でつくったの。わたしはパンにぬって食《た》べるのがお気《き》に入《い》り。それからこれは、牛《うし》のお乳《ちち》で煮《に》だしたミルクティーよ。

岩塩《がんえん》をけずって入《い》れると、ほんのり甘《あま》くなるわ」

ジャックはトーヤにならい、ミルクティーに岩塩《がんえん》をとかして飲《の》んでみた。

「あれっ、ほんとだ！　塩《しお》を入《い》れたのに甘《あま》くなるなんて、ふしぎだね」

アニーがクリームチーズをぬったパンを食《た》べながら、言《い》った。

「うーん、これもおいしい！　……ところで、トーヤは三人《にん》家族《かぞく》なの？」

するとトーヤは、棚《たな》の上《うえ》にかざられた家族写真《かぞくしゃしん》を指《ゆび》さした。

「ううん、父《とう》さんと兄《にい》さんもいるから、五人《にん》家族《かぞく》よ。父《とう》さんと兄《にい》さんは、ふだんは家《か》畜《ちく》の放牧《ほうぼく》の仕事《しごと》をしているけど、国立公園《こくりつこうえん》のシニア・レンジャーでもあって、今日《きょう》もその仕事《しごと》で国立公園《こくりつこうえん》に行《い》ってるの」

つぎに、ジャックが聞《き》いた。

「トーヤはいつも、家《いえ》ではどんなことをしているんだい？」

トーヤがこたえる。

「そうね……。いまは、父《とう》さんと兄《にい》さんにおしえてもらって、馬《うま》の鞍《くら》を作《つく》っているところよ。あと、母《かあ》さんからは、おさいほうや、薬草《やくそう》を見《み》つけてきて薬《くすり》をつくる方法《ほうほう》、それから、月《つき》や星《ほし》、雲《くも》や風《かぜ》のようすを見《み》て天気《てんき》を予想《よそう》する方法《ほうほう》もおしえてもらって、今年《ことし》の夏《なつ》から毎日《まいにち》やっているわ。天気《てんき》を読《よ》むことは、遊牧民《ゆうぼくみん》にとってすごく大事《だいじ》なことだから」

「お天気《てんき》を読《よ》むなんて、かっこいいー！」

「馬《うま》の鞍《くら》を自分《じぶん》で作《つく》れるのも、すごいことだよ！」

アニーとジャックは、感心《かんしん》しきりだ。

それからトーヤは、壁《かべ》に立《た》てかけた弦楽器《げんがっき》を指《ゆび》さした。

「あの楽器《がっき》を見《み》て。棹《さお》の上《うえ》に馬《うま》の頭《あたま》の彫刻《ちょうこく》がついているでしょう？　あれは『馬頭《ばとう》琴《きん》』といって、モンゴルの遊牧民《ゆうぼくみん》に伝《つた》わる伝統的《でんとうてき》な楽器《がっき》なのよ。いま、父《とう》さんに弾《ひ》きかたをならってるの。――わたしは、ヒツジもヤギも、ラクダもヤクも大切《たいせつ》に世話《せわ》をしているけど、ほんとは馬《うま》がいちばん好《す》き。どこかに行《い》くときは、たいてい馬《うま》に乗《の》っていくわ」

「へえ……。自分《じぶん》の馬《うま》を持《も》ってるの？」

ジャックが聞《き》いた。

「うん！　うちにはたくさん馬《うま》がいるからね。いまは七十頭《とう》くらい」

「ええっ、七十頭《とう》も!?」

「そうよ。モンゴルには三百万頭《びゃくまんとう》以上《いじょう》の馬《うま》がいるの。国《くに》の人口《じんこう》とおなじくらいの数《かず》の馬《うま》がね！　だから赤《あか》ちゃんは、歩《ある》けるようになったらすぐに乗馬《じょうば》をならうのよ」

「ああ、うらやましい！」アニーがため息《いき》をつく。

「わたしたちの国《くに》では、車《くるま》がないと買《か》い物《もの》にも行《い》けないような人《ひと》ばっかりなのに」

トーヤが、あははと笑《わら》った。

「去年《きょねん》までは、うちにもトラックがあったのよ。でも父《とう》さんが、雌馬《めうま》五頭《とう》と交換《こうかん》しちゃったの。トラックはガソリンをくって排気《はいき》ガスを出《だ》すけど、雌馬《めうま》は草原《そうげん》の草《くさ》を食《た》べて、子馬《こうま》を産《う》んでお乳《ちち》も出《だ》してくれる、って。父《とう》さんは、馬乳酒《ばにゅうしゅ》が大好《だいす》きだからね」

「アメリカでは、洗《せん》たく機《き》とか、食器洗《しょっきあら》い機《き》とか、おそうじロボットとか、人間《にんげん》のかわりに仕事《しごと》をしてくれる機械《きかい》が、とにかく多《おお》いんだ」と、ジャック。

「えっ!?　ロボットがおそうじするの？」

トーヤがびっくりして言《い》う。

そのとき、玄関《げんかん》の扉《とびら》が開《あ》いて、トーヤの弟《おとうと》ガンがとびこんできた。

「お姉《ねえ》ちゃん、時間《じかん》だよ！　お父《とう》ちゃんのところに行《い》こう。はやくはやく！」

トーヤは、いすからとびあがった。

「ああ、いよいよ会《あ》えるのね！　はやく行《い》かなくちゃ！」

アニーがトーヤを引《ひ》きとめて言《い》った。

「トーヤ、待《ま》って！　いよいよなにに会《あ》えるの？」

ジャックも聞《き》いた。

「ぼくも知《し》りたいよ。なにに会《あ》えるんだい？」

トーヤは、ジャックとアニーに向《む》きなおって言《い》った。

「いっしょに行《い》きましょう！　わたしたちがたのしみにしていたものを、自分《じぶん》の目《め》でたしかめて！」

ホスタイ国《こく》立《りつ》公《こう》園《えん》

ジャックは、トーヤにもらったトートバッグを肩《かた》にかけ、トーヤとアニーにつづいてゲルを出《で》た。

玄関《げんかん》の外《そと》で、トーヤのお母《かあ》さんとガンが待《ま》っていてくれた。

ほかのゲルから出《で》てきた住民《じゅうみん》や、エコ・ボランティアの人《ひと》たちといっしょに、キャンプ地《ち》を出《で》る。

草原《そうげん》にのびる一本道《いっぽんみち》を歩《ある》きながら、ジャックはバスの中《なか》で耳《みみ》にしたカーンのことばを思《おも》いだした。

「――けさ、飛行機《ひこうき》が無事《ぶじ》についてー―」

「――出《で》むかえには、なん百人《びゃくにん》っていう人《ひと》が――」

「――あれからもう、二十年以上《ねんいじょう》もたっちまって……」

「みなさん、奇跡《きせき》の瞬間《しゅんかん》にそなえて、心《こころ》の準備《じゅんび》をしておいてくださいよ！」

ジャックは、『奇跡《きせき》』の正体《しょうたい》をはやくこの目《め》で見《み》たくて、うずうずした。

WELCOME TO
HUSTAI NATIONAL PARK

やがてみんなは、「ホスタイ国立公園《こくりつこうえん》」と書《か》かれたゲートをくぐった。

ゲートのむこうに、四角《しかく》い平屋《ひらや》の建物《たてもの》が見《み》えた。駐車場《ちゅうしゃじょう》には、大《おお》きなトラック数台《すうだい》と、ジャックたちが乗《の》ってきたバスや乗用車《じょうようしゃ》などがとまっている。建物《たてもの》のまわりには、数十人《すうじゅうにん》ほどの人《ひと》たちが集《あつ》まって、にぎやかにしゃべったり笑《わら》いあったりしていた。

ガンがぴょんぴょんとびはねながら、さけんだ。

「わあい、人《ひと》がいっぱい！　おまつりみたいだ！」

トーヤも、ほおを紅潮《こうちょう》させながら言《い》う。

「ここは、ホスタイ国立公園《こくりつこうえん》の事務所《じむしょ》や、ビジターセンター、バスの停留所《ていりゅうじょ》などがあるところよ。……だけど、こんなに人《ひと》が集《あつ》まっているのははじめて！」

建物《たてもの》のわきに、マウンテンバイクがならんでいた。タイヤがふとくてがっしりした、山道《やまみち》でも走《はし》れる自転車《じてんしゃ》だ。

「あのマウンテンバイクは、だれの？」ジャックがたずねた。

「あれは公園事務所《こうえんじむしょ》のものよ。特別保護区《とくべつほごく》の中《なか》には車《くるま》がはいれないから、レンジャーやエコ・ボランティアは、マウンテンバイクを使《つか》うの」

アニーが言《い》った。

「でも、トーヤは、自分《じぶん》の馬《うま》に乗《の》るのよね?」

トーヤは頭《あたま》をふった。

「ううん。特別保護区《とくべつほごく》の中《なか》には、人間《にんげん》が飼《か》っている馬《うま》も入《い》れちゃいけないの。なぜかって言《い》うと、特別保護区《とくべつほごく》は野生《やせい》の馬《うま》のための土地《とち》だから――」

トーヤの話《はなし》のとちゅうで、ガンが呼《よ》ぶ声《こえ》が聞《き》こえてきた。

「お姉《ねえ》ちゃん！　はやく、こっち、こっち！」

事務所《じむしょ》のむこうに一・五メートルほどの高《たか》さのフェンスがあり、そのまわりに見物人《けんぶつにん》たちが集《あつ》まっていた。

フェンスの中《なか》には、木製《もくせい》の貨物《かもつ》コンテナがならべられていた。そのまわりに、みどり色《いろ》の制服《せいふく》を着《き》たレンジャーたちが立《た》っている。

アニーがフェンスの中《なか》のコンテナを指《ゆび》さした。

「あっ、もしかして、あれがクレートね！」

トーヤは返事《へんじ》をするかわりに、つばをごくんと飲《の》みこんだ。緊張《きんちょう》しているらしい。

ジャックも胸《むね》がドキドキしてきた。

(あの中《なか》に、みんなが会《あ》いたがっていた『奇跡《きせき》』の動物《どうぶつ》がいるのか……。飛行機《ひこうき》で運《はこ》ばれたっていうけど、いったいどこから来《き》たんだろう?)

クレートはレンジャーたちの背丈《せたけ》ほどの高《たか》さで、側面《そくめん》にはたくさんの文字《もじ》が書《か》かれていた。どのクレートもあたらしく、今回《こんかい》の輸送《ゆそう》のためにつくられたもののようだ。

ジャックは、見《み》おぼえのある顔《かお》を見《み》たような気《き》がして、目《め》をしばたたいた。

「あれは……カーンさん?」

バスの運転手《うんてんしゅ》をしていたカーンが、レンジャーの制服《せいふく》を着《き》て、クレートのあいだを歩《ある》きまわっている。

ふいに、トーヤが大《おお》きな声《こえ》をあげた。

「父《とう》さーん! 兄《にい》さーん!」

フェンスの中《なか》にいるレンジャーのうち、男《おとこ》の人《ひと》ふたりがこちらを見《み》て、手《て》をふった。

トーヤも手《て》をふりかえしながら、言《い》った。

「いま手《て》をふってくれたのが、父《とう》さんのドルジと、兄《にい》さんのバートルよ。父《とう》さんと兄《にい》さんは、春先《はるさき》からなん日《にち》もかけて、このフェンスをつくったの。今回《こんかい》のために特別保《とくべつほ》護区《ごく》の中《なか》の一部《いちぶ》の土地《とち》を、ぐるりとかこったのよ」

ジャックが聞《き》く。

「一部《いちぶ》の土地《とち》って、どのくらいの広《ひろ》さ？」

「そうね、だいたいサッカーグラウンド五十個《こ》ぶん、ってところかな」

アニーがおどろいてたずねた。

「えっ、それじゃ特別保護区全体《とくべつほごくぜんたい》だと、どれくらいの広《ひろ》さなの？」

「およそサッカーグラウンド十二万《まん》五千個《せんこ》ぶんよ」

アニーとジャックは、顔《かお》を見《み》あわせた。

「サッカーグラウンド十二万《まん》五千個《せんこ》ぶん？　ぜんぜん想像《そうぞう》できない……」

待《ま》ちに待《ま》った瞬間《しゅんかん》

そのとき、フェンスのむこうにならんでいるクレートの中《なか》から、ドスン、バタン、という音《おと》が聞《き》こえてきた。

ジャックはいよいよがまんできなくなって、トーヤにたずねた。

「ねえトーヤ、もうおしえてくれてもいいだろう？　あのクレートの中《なか》には、いったいなにがいるんだい？」

トーヤがクレートを見《み》つめたまま言《い》った。

「タヒよ！」

こんどはアニーが聞《き》く。

「え……タヒ？　タヒってなに？」

そのときひとりのレンジャーが歩《あゆ》みでて、見物人《けんぶつにん》たちに向《む》かって声《こえ》を張《は》りあげた。

「さあみんな！　いよいよ待《ま》ちに待《ま》ったタヒのお披露目《ひろめ》だ」

見物人《けんぶつにん》たちのおしゃべりが、ぴたりとやんだ。

「だがそのまえに、聞《き》いてくれ。タヒたちは飛行機《ひこうき》とトラックを乗《の》りついで、三十時《じ》間《かん》もかけてここまでやってきた。ついたばかりで神経質《しんけいしつ》になっていると思《おも》うから、くれぐれもこわがらせないでやってくれ！」

新聞《しんぶん》やテレビの取材陣《しゅざいじん》が、カメラをかまえる。

ジャックはフェンスの横木《よこぎ》をぎゅっとつかんだ。「タヒ」がどんな生《い》き物《もの》なのか、はやく見《み》たくてたまらない。じらされるうちに期待《きたい》はどんどんふくらむばかりだ。

（すごくめずらしい生《い》き物《もの》なんだろうな。まさか、ほかの惑星《わくせい》から来《き》たエイリアンだったりして……!?）

さっきのレンジャーが右手《みぎて》をあげて、仲間《なかま》に指示《しじ》を出《だ》した。

すると、レンジャーたちがつぎつぎとクレートの上《うえ》によじのぼり、扉《とびら》についているハンドルに手《て》をかけた。トーヤの父《ちち》と兄《あに》もいる。

「クレートを開《あ》けろ！」

レンジャーたちが、かけ声《ごえ》とともに、クレートの扉《とびら》をいっせいに引《ひ》きあげた。

見物人《けんぶつにん》たちが息《いき》をのむ。

三秒後《びょうご》、ひとつのクレートから、うす茶色《ちゃいろ》の頭《あたま》がのぞいた。耳《みみ》をピンと立《た》て、大《おお》きな黒《くろ》い目《め》でおどおどとあたりを見《み》まわしている。

ジャックはとまどった。

(ロバ……？　い、いや、馬《うま》かな？)

ほかのクレートからも、ひとつ、またひとつと頭《あたま》が出《で》てきて、やがてぜんぶで十二頭《とう》の馬《うま》が姿《すがた》をあらわした。

馬《うま》たちはみんなよく似《に》ていた。白《しろ》い毛《け》の生《は》えたお腹《なか》はぽっこりとまるく、黒《くろ》くて短《みじか》いたてがみはツンツン立《た》っている。体《からだ》つきはふつうの馬《うま》よりすこし小《こ》ぶりで、頭《あたま》が大《おお》きく、ずんぐりむっくりしていた。

だが、見物《けんぶつ》に来《き》た人々《ひとびと》は、みなため息《いき》まじりで馬《うま》たちに見入《みい》っている。

「ああ、なんてきれいなの……！」トーヤがうっとりとつぶやいた。

するとほかの人《ひと》たちも、称賛《しょうさん》の声《こえ》をあげはじめた。

「ほら、あのつぶらな瞳《ひとみ》を見《み》てごらんよ」

「ああ、まるで千里《せんり》の先《さき》も見通《みとお》しているようじゃないか」

ガンはうれしそうににこにこ笑《わら》い、お母《かあ》さんも感激《かんげき》に目《め》をうるませている。

ジャックは首《くび》をかしげた。ふつうの馬《うま》となにがそんなにちがうんだろう？　それをたしかめようと、トートバッグから双眼鏡《そうがんきょう》をとりだして、メガネにあてる。

まえ足《あし》で地面《じめん》をひっかいている数頭《すうとう》の馬《うま》の姿《すがた》が、ズームアップして見《み》えた。

とつぜん、そのうちの一頭《とう》がいなないて走《はし》りだした。

すると、ほかの馬《うま》たちもあとを追《お》いかけ、猛《もう》スピードでかけだした。

ドドッ　ドドッ　ドドドッ
馬《うま》たちは、ひづめの音《おと》をひびかせて、あたりをかけまわった。カメラマンたちがこぞってシャッターを切《き》り、その姿《すがた》をカメラにおさめる。

「タヒが走《はし》ってる！　草原《そうげん》を走《はし》ってるわ！」

トーヤが手《て》をたたいてとびはねた。そのひょうしに、となりにいたジャックの腕《うで》にぶつかった。

「あっ！」

ジャックは、双眼鏡《そうがんきょう》をとり落《お》としてしまった。

双眼鏡《そうがんきょう》はフェンスの内《うち》がわに落《お》ちた。でも、トーヤもほかのみんなも、ジャックが双眼鏡《そうがんきょう》を落《お》としたことにまったく気《き》づいていない。

（……いまひろうのは、無理《むり》だな）

ジャックはまわりのようすがもうすこし落《お》ちついてから、あとでひろうことにした。

（それにしても、どうしてみんな、こんなに興奮《こうふん》しているんだろう？）

ジャックのとなりでは、あいかわらずトーヤが大《おお》よろこびでさけんでいる。

「奇跡《きせき》だわ！」

トーヤをふしぎそうに見《み》ていたアニーが、口《くち》のはしで笑《え》みをつくりながら、ジャックに目《め》くばせした。どうやらアニーも、ジャックとおなじことを考《かんが》えていたらしい。

うす茶色《ちゃいろ》の馬《うま》たちは、たしかに愛《あい》らしい。でも、ジャックの目《め》には、奇跡《きせき》と呼《よ》ぶほどすばらしい動物《どうぶつ》には見《み》えなかった。競走馬《きょうそうば》のサラブレッドより小《ちい》さく、ポニーより大《おお》きい、中《ちゅう》くらいのサイズの馬《うま》――ただそれだけだ。

（トーヤはさっき、モンゴルには馬《うま》が三百万頭《びゃくまんとう》いるって言《い》ってたよな。だとすれば、あと十二頭《とうふ》増えたからって、そんなにおめでたいことだとは思《おも》えないけど……）

ふいにガンが、タヒを指《ゆび》さしてさけんだ。

「見《み》て！　親子《おやこ》のタヒがいるよ！」

よく見《み》ると、母馬《ははうま》とおぼしき馬《うま》に、ひとまわり小《ちい》さい子馬《こうま》が二頭《とう》、仲《なか》よく体《からだ》をすりよせている。

トーヤが言《い》った。

「双子《ふたご》の子馬《こうま》なんて、めずらしいわ！　よく来《き》てくれたわね！」

しばらくすると、さっきのレンジャーが見物人《けんぶつにん》たちに向《む》かってさけんだ。

「さあ、今日《きょう》はこのくらいで、そっとしておいてやってくれ！　タヒたちは体《からだ》を休《やす》めて、あたらしいくらしに慣《な》れなきゃならないからな」

見物人《けんぶつにん》たちはみな名残《なごり》おしそうにうしろをふりむきながら、フェンスからはなれて歩《ある》きだした。

「お母《かあ》ちゃん、ぼくまだここにいる！　双子《ふたご》の子馬《こうま》を見《み》ていたいんだ！」

声《こえ》を張《は》りあげるガンを、お母《かあ》さんがなだめる。

「ガン、明日《あした》また見《み》に来《く》ればいいわ。いまはゆっくりさせてあげましょう」

ジャックとアニーは、トーヤの家族《かぞく》といっしょに、遊牧民《ゆうぼくみん》キャンプに向《む》かって歩《ある》きだした。とちゅうで、トーヤの父親《ちちおや》のドルジと兄《あに》のバートルが合流《ごうりゅう》した。ふたりが馬《うま》たちが到着《とうちゃく》したときのようすについて、くわしく報告《ほうこく》しはじめる。

そのときジャックは、フェンスの中《なか》に双眼鏡《そうがんきょう》を落《お》として、そのままにしてしまったことを思《おも》いだした。

「しまった！　双眼鏡《そうがんきょう》をわすれてきちゃったよ。ぼく、ちょっととってくる」

トーヤがふり向《む》いて言《い》った。

「じゃあ、わたしとアニーはここで待《ま》ってるわ。母《かあ》さんたちは先《さき》に家《いえ》へ帰《かえ》ってて」

「そう？　それじゃあ、あとでね」

バトゥは言《い》って、ほかの家族《かぞく》といっしょに遊牧民《ゆうぼくみん》キャンプへもどっていった。

ジャックは大《おお》いそぎで、フェンスのところまで走《はし》った。

見物人《けんぶつにん》たちはもうみんな帰《かえ》ったあとで、フェンスのまわりにはだれもいない。

双眼鏡《そうがんきょう》はすぐに見《み》つかった。ジャックはフェンスのすきまから手《て》をのばしたが、どうしてもとどかない。

「これは、中《なか》にはいらなきゃだめだな」

さいわい、近《ちか》くにタヒはいない。

ジャックはフェンスの扉《とびら》のところへ行《い》き、扉《とびら》をすこしだけ開《あ》けて中《なか》にはいった。双《そう》眼鏡《がんきょう》をひろって、すぐ外《そと》へ出《で》る。

それから、アニーとトーヤのもとにもどった。

「お待《ま》たせ。双眼鏡《そうがんきょう》とってきたよ」

ジャックの顔《かお》を見《み》るなり、アニーが声《こえ》を張《は》りあげた。

「お兄《にい》ちゃん！　いま、すごい話《はなし》を聞《き》いてたとこ！」

「すごい話《はなし》？」

「そう。トーヤがぜんぶ説明《せつめい》してくれるわ！」

「なにを？」

「タヒのことよ！　タヒは、いま地球上《ちきゅうじょう》に数十頭《すうじっとう》しか残《のこ》っていない、貴重《きちょう》な生《い》き物《もの》なんだって。わたしたちがさっき見《み》たのは、〈**地球最後《ちきゅうさいご》の野生馬《やせいば》**〉だったのよ！」

地球《ちきゅう》最後《さいご》の野生馬《やせいば》

「地球《ちきゅう》最後《さいご》の野生馬《やせいば》、って——どういう意味《いみ》？」

ジャックがトーヤに聞《き》いた。

「正確《せいかく》に言《い》うと、『地球上《ちきゅうじょう》に存在《そんざい》した最後《さいご》の野生馬《やせいば》の子孫《しそん》』なんだけど。どういうことかは、歩《ある》きながら話《はな》すね——」

トーヤがゲルに向《む》かって歩《ある》きだした。

ジャックとアニーも、あわててついていく。

「——あの馬《うま》たちの先祖《せんぞ》は、二十万年《まんねん》もまえからモンゴルの平原《へいげん》でくらしてきたの。タヒっていうのはモンゴル語《ご》で『精霊《せいれい》』という意味《いみ》よ。タヒはね、ふつうの馬《うま》じゃないの」

「ふつうの馬《うま》じゃ……ない？」

ジャックが聞《き》く。

「そう。ふつうの馬《うま》とは遺伝子《いでんし》の数《かず》がちがうの。野生種《やせいしゅ》で、人間《にんげん》が飼《か》いならすことはできない。だれもタヒの背《せ》に乗《の》ることはできないのよ」

トーヤはそこで、息《いき》をついだ。

「タヒは、モンゴルの民話《みんわ》や伝説《でんせつ》にもよく出《で》てくるの。――かつてタヒは、モンゴルの草原《そうげん》を、大《おお》きな群《む》れでかけまわっていたんですって。ひとたびタヒの群《む》れが走《はし》りだすと、草原《そうげん》に風《かぜ》が巻《ま》きおこって、丘全体《おかぜんたい》がゆれ動《うご》くように見《み》えたそうよ。だけど、モンゴルにいた野生《やせい》のタヒは……わたしの父《とう》さんや母《かあ》さんが子《こ》どもだったころに、すっかり絶滅《ぜつめつ》してしまったの」

「絶滅《ぜつめつ》……どうして？」

アニーが聞《き》く。

「理由《りゆう》はいろいろあったみたい。とりわけきびしい冬《ふゆ》が来《き》た年《とし》なんかに、遊牧民《ゆうぼくみん》がタヒをつかまえて食料《しょくりょう》にしていたことも原因《げんいん》のひとつだし、病気《びょうき》や干《かん》ばつで死《し》んでしまったタヒも多《おお》かったんだって。それに人間《にんげん》がつれてきた家畜動物《かちくどうぶつ》たちに、食料《しょくりょう》、つまり草原《そうげん》の草《くさ》をとられてしまった、というのもあるわ」

「人間《にんげん》のせいだったの？」

「ぜんぶというわけじゃないけど……。でも、タヒがいなくなって、人間《にんげん》は自分《じぶん》たちのおかしたまちがいに気《き》づいたの。なんてことをしてしまったんだろう、って」

「……それじゃあ、あそこにいるタヒたちは、どこから来《き》たんだい？」

ジャックが、特別保護区《とくべつほごく》のほうを指《ゆび》さして聞《き》いた。

「モンゴルで絶滅《ぜつめつ》したあとも、ほんのすこしだけれど、世界各地《せかいかくち》の動物園《どうぶつえん》で生《い》き残《のこ》っているタヒの子孫《しそん》がいたの。最近《さいきん》になってそうした動物園《どうぶつえん》から、タヒをふるさとの土地《とち》に帰《かえ》そう、もう一度《ど》野生《やせい》の種《しゅ》として復活《ふっかつ》させよう、っていうプロジェクトがもちあがったのよ。その話《はなし》はまたたくまにモンゴルじゅうに広《ひろ》まって、こんどこそぜったいにタヒを大切《たいせつ》にしようと、みんなで協力《きょうりょく》して準備《じゅんび》してきたの」

「なるほど、そういうことか」

「数《すう》か月後《げつご》には、タヒたちはかこいから出《で》て、自然保護区《しぜんほごく》の中《なか》を自由《じゆう》に走《はし》りまわることができるようになる。完全《かんぜん》な野生馬《やせいば》にもどるのよ」

「どうして、いますぐかこいから出《だ》してあげないの？」

アニーが聞《き》いた。

「あのタヒたちは動物園《どうぶつえん》で生《う》まれたから、自然《しぜん》の中《なか》で食《た》べ物《もの》や水《みず》を見《み》つける方法《ほうほう》を知《し》らないの。オオカミやクマみたいな野生動物《やせいどうぶつ》から身《み》をまもることもできないしね。だから、タヒがこの土地《とち》や気候《きこう》になれるまでのあいだは、安全《あんぜん》な場所《ばしょ》にいないといけないのよ」

「そっか」と、アニー。

「もうすぐほかの動物園《どうぶつえん》からも、タヒたちが送《おく》られてくる予定《よてい》なの。子馬《こうま》がたくさん生《う》まれて、その子馬《こうま》たちが、野生《やせい》の環境《かんきょう》ですくすく育《そだ》ってくれたらいいんだけど」

「うん。そうなるといいね」

ジャックは心《こころ》をこめて言《い》った。モンゴルの人《ひと》たちにとって今日《きょう》がとびきりおめでたい日《ひ》だということが、トーヤの話《はなし》を聞《き》いてよくわかったのだ。

（一度《ど》は絶滅《ぜつめつ》した野生馬《やせいば》が、世界《せかい》じゅうの人《ひと》たちの協力《きょうりょく》で、ふるさとの土地《とち》へ帰《かえ》ってきた……トーヤの言《い》うとおり、これは奇跡《きせき》だ！）

三人《にん》がゲルにもどるころには、太陽《たいよう》はすっかりかたむいていた。

馬《ば》頭《とう》琴《きん》の音《ね》色《いろ》

玄関《げんかん》の扉《とびら》を開《あ》けると、ゲルの中《なか》には、おおぜいのお客《きゃく》がいた。おとなと子《こ》どもをあわせて十数人《じゅうすうにん》。みな、タヒがもどってきたことを祝《いわ》うために集《あつ》まった人《ひと》たちだ。

テーブルには、たくさんのごちそうがならべられていた。

大皿《おおざら》には、水《みず》と岩塩《がんえん》で煮《に》たヒツジ肉《にく》が山盛《やまも》りに、となりの蒸《む》し器《き》の中《なか》では肉《にく》まんじゅうが湯気《ゆげ》をたてていた。色《いろ》や形《かたち》がさまざまなチーズの盛《も》りあわせ、手作《てづく》りのソーセージ、そして、かめにはいった馬乳酒《ばにゅうしゅ》と、やかんで沸《わ》かした熱々《あつあつ》のミルクティーもある。

「今日《きょう》までタヒを大事《だいじ》に育《そだ》て、いまこうしてモンゴルに帰《かえ》してくれた、オランダの動《どう》物園《ぶつえん》に感謝《かんしゃ》しよう！」

「このプロジェクトに協力《きょうりょく》してくれた、世界《せかい》じゅうの人《ひと》に、乾杯《かんぱい》だ！」

ゲルの中《なか》をあたたかく照《て》らすロウソクの明《あ》かりのもと、みんなの笑顔《えがお》がキラキラとかがやいている。

宴《えん》もたけなわになったころ、トーヤの父《ちち》のドルジが、壁《かべ》に立《た》てかけた弦楽器《げんがっき》を手《て》にとった。さっきトーヤが『馬頭琴《ばとうきん》』と呼《よ》んでいた楽器《がっき》だ。

ドルジが馬頭琴《ばとうきん》をかまえると、おとなも子《こ》どももおしゃべりをやめて、ドルジのほうを見《み》た。

ドルジは、弦《げん》が二本《ほん》の馬頭琴《ばとうきん》を弓《ゆみ》を使《つか》って弾《ひ》きながら、力強《ちからづよ》い声《こえ》で歌《うた》いはじめた。

それは、ジャックとアニーが、はじめて聞《き》く歌声《うたごえ》だった。

ドルジは笛《ふえ》のようなかん高《だか》い音《おと》と、うなり声《ごえ》のような低《ひく》い音《おと》を同時《どうじ》に出《だ》して歌《うた》っていた。人間《にんげん》の声《こえ》というよりも、のどの奥《おく》で弦《げん》がふるえるようなひびきをもつ、ふしぎな音色《ねいろ》だ。

「これは『のど歌《うた》』という、むかしから遊牧民《ゆうぼくみん》のあいだに伝《つた》わる歌《うた》いかたよ。モンゴルでは『ホーミー』っていうの。わたしたちには、高《たか》い声《こえ》は吹《ふ》きあれる風《かぜ》、低《ひく》い声《こえ》は馬《うま》のひづめの音《おと》に聞《き》こえるわ」

トーヤがジャックとアニーのそばに来《き》て、小声《こごえ》で説明《せつめい》してくれた。

ドルジが歌《うた》っていたのは、古《ふる》い言《い》い伝《つた》えの歌《うた》だった。

むかしむかし　モンゴルの大草原《だいそうげん》に　うつくしい白馬《はくば》がいた
ひとたび走《はし》りだすと　風《かぜ》がうずを巻《ま》いて　光《ひか》りかがやく
風《かぜ》をまとい　風《かぜ》のように走《はし》る　まっ白《しろ》な風《かぜ》の馬《うま》

歌声《うたごえ》を聞《き》きながら、ジャックは目《め》を閉《と》じた。どこまでもつづく広《ひろ》い草原《そうげん》を、風《かぜ》のように走《はし》る白馬《はくば》の姿《すがた》を想像《そうぞう》した。

低《ひく》いひづめの音《おと》が近《ちか》づいてきた……と思《おも》ったそのとき、玄関《げんかん》の扉《とびら》が開《あ》いて、カーンがはいってきた。

「あら、カーン。いらっしゃい」

お母《かあ》さんのバトゥが声《こえ》をかけると、カーンはちょっと手《て》をあげて、まっすぐドルジのもとへ行《い》った。

ドルジは馬頭琴《ばとうきん》を弾《ひ》く手《て》をとめ、カーンを見《み》あげた。

カーンの顔《かお》は青《あお》ざめていた。

「タヒが――たいへんだ！」

たいへんなことになった！

ゲルの中《なか》がしんとなった。ドルジが立《た》ちあがる。

「なにがあったんだ？」

「なんだか胸《むね》さわぎがして、タヒのかこいへようすを見《み》に行《い》ったら、フェンスの扉《とびら》が開《あ》いていたんだ。すぐに閉《し》めたが、かこいの中《なか》のタヒをかぞえたら、九頭《とう》しかいない。どうやら、三頭《とう》はフェンスの外《そと》に出《で》ちまったらしい」

その場《ば》の全員《ぜんいん》が息《いき》をのんだ。

（フェンスの扉《とびら》が開《あ》いていた、だって⁉）

ジャックの心臓《しんぞう》がドクドクと音《おと》をたてる。

ドルジがたずねた。

「いなくなったのは、どのタヒだ？」

カーンがこたえる。

「母馬《ははうま》と、双子《ふたご》の子馬《こうま》だ」

トーヤがはじかれたように立《た》ちあがった。

「いますぐ見《み》つけなきゃ！　いますぐ！」

「生《い》きてくれればいいが……」カーンが言《い》う。「だが、フェンスの外《そと》に出《で》てしまったんなら、迷子《まいご》になってもどってこられなくなるか、今夜《こんや》じゅうにオオカミたちに殺《ころ》されてしまうだろうよ」

「やめて、カーンおじさん！　そんなこと言《い》わないで！」

トーヤが金切《かなき》り声《ごえ》をあげる。

「いや、カーンの言《い》うとおりだ」

トーヤの父親《ちちおや》が言《い》った。

「タヒたちは、自然《しぜん》の中《なか》で身《み》をまもる方法《ほうほう》を知《し》らない。今日《きょう》は満月《まんげつ》で、しかも風《かぜ》が強《つよ》い。月明《つきあ》かりにさそわれて丘陵地帯《きゅうりょうちたい》のオオカミたちが出《で》てきて、馬《うま》のにおいをかぎつけたら、保護区《ほごく》のあるくぼ地《ち》までおりてくるだろう。しかも、母馬《ははうま》と双子《ふたご》の子馬《こうま》じゃ、おそわれたら逃《に》げきれまい」

「そんな……！」

アニーが思《おも》わず口《くち》をおさえる。

ガンが、わっと泣《な》きだした。

トーヤもしゃくりあげながら言《い》う。

「タヒたちは、はるばるここまでやってきたのよ！　やっとご先祖《せんぞ》さまのふるさとに帰《かえ》ってきたのに、その日《ひ》のうちに死《し》んじゃうかもしれないなんて、あんまりよ！　みんなでさがしに行《い》こう、いますぐ！」

「トーヤ、それはだめだ」

父親《ちちおや》が首《くび》をふった。

「どうして？」

「残念《ざんねん》だが、今夜捜索《こんやそうさく》に出《で》ることはできない。われわれがさがしに行《い》けば、タヒたちはますますこわがって、もっと奥《おく》まで逃《に》げていってしまうだろう」

ジャックは胸《むね》が苦《くる》しくて、息《いき》をするのもやっとだった。さっきから頭《あたま》の中《なか》で、おなじ疑問《ぎもん》がぐるぐるとかけめぐっている。

（フェンスの扉《とびら》が開《あ》いていた……？　どうして？　なんで開《あ》いたんだ？）

トーヤとガンは、声《こえ》をあげて泣《な》いている。お母《かあ》さんがふたりを抱《だ》きよせた。

「ふたりとも、泣《な》かないで。フェンスの外《そと》に出《で》てしまった夕ヒたちが今夜《こんや》を無事《ぶじ》にすごして、日《ひ》がのぼってからもどってくることを祈《いの》りましょう。ね？」

おとなたちは口々《くちぐち》に話《はな》しはじめた。

「どうして、フェンスの扉《とびら》が開《あ》けっぱなしなんてことに……」

「最後《さいご》に扉《とびら》を閉《し》めたのは、だれだ？」

「とんでもないことをしてくれたものだ……」

おとなたちの会話《かいわ》を聞《き》きながら、ジャックはアニーの腕《うで》を引《ひ》っぱった。

「アニー、話《はなし》がある」

「なに、お兄《にい》ちゃん？」

アニーが目《め》をうるませながらジャックの顔《かお》を見《み》た。

「外《そと》で話《はな》そう。いますぐ」

ジャックが小声《こごえ》でささやく。

「どうして？」

「いいから、はやく！」

ジャックとアニーは、トートバッグを持《も》って、そっとゲルの外《そと》に出《で》た。

遠《とお》くの丘《おか》の上《うえ》に、満月《まんげつ》がうかんでいた。空気《くうき》はさっきよりぐっと冷《ひ》えこんでいる。あいかわらず強《つよ》い風《かぜ》が吹《ふ》いていた。

アニーがたずねる。

「お兄《にい》ちゃん、話《はなし》ってなに？」

ジャックはすぐにはこたえず、アニーをさらに引《ひ》っぱっていった。そして、ゲルから十分《じゅうぶん》はなれたところまで行《い》ってから、それまでこらえていたことばを、一気《いっき》にはき出《だ》した。

「アニー――ぼくなんだ！　やったのは、ぼくなんだよ！」

「お兄《にい》ちゃん、なんの話《はなし》をしてるの？」

「ぼくがフェンスの扉《とびら》を開《あ》けっぱなしにした――きっとそうにちがいない。双眼鏡《そうがんきょう》をとりに保護区《ほごく》にもどったとき、ぼくはフェンスの扉《とびら》を開《あ》けて、中《なか》にはいって、双眼鏡《そうがんきょう》をひろった。でも、そのあと外《そと》に出《で》て、扉《とびら》のかけ金《がね》をかけたかどうか、おぼえてないんだ。それどころか、扉《とびら》をちゃんと閉《し》めたかどうかさえ思《おも》いだせない。だからきっと、犯人《はんにん》はぼくなんだ！」

「うそでしょ!?」

「ほんとだよ！　ああ、ぼくのせいでたいへんなことに……。感謝祭《かんしゃさい》※7の祝《いわ》いの席《せき》で、七面鳥《しちめんちょう》のまる焼《や》きを火《ひ》の中《なか》に落《お》としちゃったときと、おんなじだよ」

「お兄《にい》ちゃん！　ずっとまえの失敗《しっぱい》を思《おも》いだしてる場合《ばあい》じゃないわ」

アニーが話《はなし》を引《ひ》きもどす。

ジャックはふたたび頭《あたま》をかかえた。

「かこいから逃《に》げたタヒたちは、死《し》んじゃうかもしれない。それがぼくのせいだってみんなに知《し》られたら、トーヤは責《せ》められるだろうし、カーンさんもレンジャーをクビになる。そんなことになったら、今日《きょう》という日《ひ》はカーンさんとトーヤにとって、最高《さいこう》どころか人生最悪《じんせいさいあく》の日《ひ》になるよ！　ああ、なんてこった。ぼくがなにもかも――」

「ストップ！　お兄《にい》ちゃん、しゃべってないで、どうすればいいのか考《かんが》えて！」

「考《かんが》えられないよ！　やっぱり子《こ》どもじゃ、エコ・ボランティアは無理《むり》なんだ――」

※7『マジック・ツリーハウス14　ハワイ、伝説の大津波』第1話「はじめての感謝祭」

「じゃあ、お兄《にい》ちゃんはずっとみんなにすまながっていればいいわ。わたしが考《かんが》えるから。さあ、モーガンの手紙《てがみ》を見《み》せて」

そう言《い》って、アニーが手《て》をさしだす。

ジャックはふるえる手《て》で、ポケットから手紙《てがみ》を引《ひ》っぱりだした。

アニーは手紙《てがみ》の文面《ぶんめん》をじっと見《み》つめたあとで、顔《かお》をあげて言《い》った。

「なにをすればいいのか、わかったわ。ほら、ここよ……」

大草原《だいそうげん》をわたる風《かぜ》に乗《の》って　車輪《しゃりん》をまわし
夜《よる》に向《む》かって　呼《よ》びかけてください

『大草原《だいそうげん》をわたる風《かぜ》に乗《の》って　車輪《しゃりん》をまわし』って書《か》いてあるでしょ？　これ、なんのことかわかる？」

「車輪《しゃりん》……なんの車輪《しゃりん》？」

「自転車《じてんしゃ》よ！　自転車《じてんしゃ》の車輪《しゃりん》をまわすの！」

「え？」

「特別保護区《とくべつほごく》にあったマウンテンバイクよ！　トーヤが言《い》ってたでしょ？　エコ・ボランティアたちが乗《の》るんだ、って。わたしたちもエコ・ボランティアだもん、乗《の》ってもいいはずよ」

「なるほど。マウンテンバイクに乗《の》って、ぼくたちふたりでタヒをさがしだす、ってことか」

ジャックはうなずいた。自転車《じてんしゃ》に乗《の》るのは得意《とくい》だ。

「お兄《にい》ちゃん、行《い》きましょ！　タヒたちが遠《とお》くに行《い》っちゃうまえに見《み》つけないと」

「でも、そのあとは？　モーガンからの手紙《てがみ》、そのあとに書《か》いてあるのはどういう意《い》味《み》なんだろう？」

「一気《いっき》にわかろうとしないで。一度《ど》にすこしずつよ。さ、はやく！」

アニーはベストのポケットに、モーガンの手紙《てがみ》をつっこんだ。

「お兄《にい》ちゃん、走《はし》るわよ！」

「りょうかい！」

ふたりは遊牧民《ゆうぼくみん》キャンプ地《ち》を出《で》ると、タヒ特別保護区《とくべつほごく》へとつづく砂《すな》っぽい小道《こみち》を、ひた走《はし》った。

遠《とお》くにつらなる丘《おか》の上《うえ》に、まっ白《しろ》な満月《まんげつ》がうかんでいた。夜《よる》の草原《そうげん》は、月明《つきあ》かりで一面《いちめん》が銀色《ぎんいろ》にかがやいている。

コオロギが羽《はね》をふるわせる音《おと》、吹《ふ》きわたる風《かぜ》の音《おと》——あたりは自然《しぜん》の息吹《いぶき》に満《み》ちていた。

ジャックとアニーは、特別保護区《とくべつほごく》の事務所《じむしょ》へといそいだ。自転車《じてんしゃ》おき場《ば》にたどりつくと、いちばん小《こ》ぶりのマウンテンバイクを二台《だい》えらんで、引《ひ》っぱりだす。

「このマウンテンバイク、わたしのよりずっと重《おも》い」

アニーが言《い》った。

「うん。ぼくたちのよりタイヤが大《おお》きくてごついからね。アニー、運転《うんてん》できるか？」

「だいじょうぶよ。それより、道《みち》がちゃんと見《み》えるか心配《しんぱい》だけど」

ジャックは、フェンスのむこうに広《ひろ》がる特別保護区《とくべつほごく》を見《み》わたした。

「それもだいじょうぶだ。満月《まんげつ》のおかげで明《あか》るいからね。とりあえず、モーガンの手《て》

紙《がみ》を確認《かくにん》して、しっかり計画《けいかく》を立《た》て……いや、ちょっと待《ま》てよ。そもそもこの広《ひろ》い草《そう》原《げん》を、どっちの方角《ほうがく》に向《む》かって行《い》けばいいんだろう!?」

アニーは、ポケットからもう一度手紙《どてがみ》をとりだした。

「『**大草原《だいそうげん》をわたる風《かぜ》に乗《の》って　車輪《しゃりん》をまわし**』——」

さっきとおなじところを声《こえ》に出《だ》して読《よ》んでから、ジャックを見《み》る。

「これって、風《かぜ》の吹《ふ》く方向《ほうこう》に向《む》かって自転車《じてんしゃ》を走《はし》らせればいい、ってことじゃない？」

「そうだね。とにかくやってみよう。——で、そのあとは？」

アニーがその先《さき》を読《よ》みあげる。

夜《よる》に向《む》かって　呼《よ》びかけてください
「うず巻《ま》く風《かぜ》よ、歌《うた》になれ！」と
自分自身《じぶんじしん》で　ことばをつむいで
自然《しぜん》に生《い》きる者《もの》たちの歌《うた》を　歌《うた》いましょう

自分《じぶん》にできることを　やりとげたなら
あとは　風《かぜ》にまかせるだけです

「うん、わかった。このとおりやればいいわけね」

アニーがうなずき、ポケットに手紙《てがみ》をしまう。

「アニー、ちょっと待《ま》って……！　なにをやればいいって？」

「まず、夜《よる》に向《む》かって『**うず巻《ま》く風《かぜ》よ、歌《うた》になれ！**』ってとなえて、それから、自分《じぶん》自身《じしん》でことばをつむいで歌《うた》を歌《うた》う。あとは、風《かぜ》にまかせればいいのよ」

「そんなこと言《い》っても……。その呪文《じゅもん》は、いつとなえるんだ？　自分自身《じぶんじしん》でことばをつむぐって？　しかも『あとは風《かぜ》まかせ』なんて。そんなの計画《けいかく》じゃないよ」

ジャックが不安《ふあん》げに言《い》う。

「でも、これしか書《か》いてないんだもん。とにかくモーガンの手紙《てがみ》と自分《じぶん》たちの力《ちから》を信《しん》じるしかないでしょ？」

そう言《い》うと、アニーは草原《そうげん》に向《む》かって、マウンテンバイクをこぎだした。

ECO VOLUNTEER

ジャックもハンドルをにぎり、すぐにアニーを追《お》いかけた。

二台《だい》のマウンテンバイクの車輪《しゃりん》が、でこぼこ道《みち》の上《うえ》をゆれながら、おなじ速度《そくど》で回《かい》転《てん》する。

フロッグクリークでいつも乗《の》っているから、マウンテンバイクの運転《うんてん》はお手《て》のものだ。路面《ろめん》にあわせて重心《じゅうしん》をうしろにやったりまえにかがんだりする体重移動《たいじゅういどう》も、ギアチェンジのタイミングも、からだの感覚《かんかく》でつかんでいた。

吹《ふ》きつける風《かぜ》に背中《せなか》をおされ、マウンテンバイクはぐんぐんスピードをあげていく。

かわいた草《くさ》の上《うえ》で、マウンテンバイクの車輪《しゃりん》がサーッという音《おと》をたてた。ぶあついゴムのタイヤはしなやかにはずみながら、地面《じめん》のでこぼこやゴロゴロした石《いし》ころをつぎつぎと乗《の》りこえていく。

ペダルをこぎながら、アニーがさけんだ。

「お兄《にい》ちゃん、タヒたちを見《み》つけて！」

「うん、わかってる！」

しばらく行《い》くと、ジャックは、マウンテンバイクが向《む》かう方向《ほうこう》に、三《みっ》つの黒《くろ》い影《かげ》があるのを見《み》つけた。

大《おお》きな影《かげ》と、すこし小《ちい》さい影《かげ》がふたつ。丘《おか》のふもとで仲《なか》よくよりそっているように見《み》える。

「アニー！　いたよ！　タヒの親子《おやこ》だ！」

「見《み》えたわ！　丘《おか》のふもとね！」

「そう！」

かこいから逃《に》げだしたタヒの親子《おやこ》は、月明《つきあ》かりが照《て》らす丘《おか》のふもとで、のんびりと草原《そうげん》の草《くさ》を食《は》んでいた。

ジャックはホッとすると同時《どうじ》に、またそのあとのことが心配《しんぱい》になってきた。

「アニー、ちょっとタイム！　このあとやらなきゃいけないことを確認《かくにん》しよう。一度《ど》とまって……」

ジャックはアニーに向《む》かってさけぶと、自転車《じてんしゃ》のブレーキをかけようとした。

だが、とまらない！　力《ちから》いっぱいブレーキレバーをにぎっても、車輪《しゃりん》はまわりつづけ、マウンテンバイクは風《かぜ》におされて、まえへまえへと走《はし》りつづけた。

アニーがキンキン声《ごえ》でさけんだ。

「お兄《にい》ちゃん、この自転車《じてんしゃ》、ブレーキがきかない！」

「ぼくのもだ！」

「でも……きっとだいじょうぶよ！　モーガンの手紙《てがみ》に書《か》いてあるもの。『**大草原《だいそうげん》をわたる風《かぜ》に乗《の》って　車輪《しゃりん》をまわし**』って。風《かぜ》がとまれば、きっと車輪《しゃりん》もとまるわ」

「う、うん……」

「それじゃ、このまま進《すす》みましょ！」

「わかった！」

風《かぜ》に背中《せなか》をおされるままに、ジャックとアニーのマウンテンバイクは、タヒの親子《おやこ》がいる丘《おか》のふもとに向《む》かって、走《はし》っていく。

ふと、あたりが暗《くら》くなった。

見《み》あげると、あつい雲《くも》が満月《まんげつ》をおおいかくしていた。

（しまった！　このままだと、タヒの親子《おやこ》を見《み》うしなってしまう）

だが、すぐに雲《くも》は切《き》れて、ふたたびあたりが明《あか》るくなった。

ところが、タヒの親子《おやこ》のようすがおかしい。なにかにおびえたように、耳《みみ》をぱたぱたと動《うご》かしている。

そのとき、アニーがさけんだ。

「お兄《にい》ちゃん、あれを見《み》て！　満月《まんげつ》のすぐ下《した》！」

ジャックが目《め》を向《む》けると、銀色《ぎんいろ》の月明《つきあ》かりに照《て》らされた丘《おか》の上《うえ》に、さっきはなかった三《みっ》つの黒《くろ》いシルエットが見《み》えた。

（あ、あれは……？）

シルエットの正体《しょうたい》をたしかめようと、ジャックが目《め》をしばたたいたとき、丘《おか》のほうからぞっとするような声《こえ》が聞《き》こえてきた。

ウオォォォォ――――ン……！

これでシルエットの正体《しょうたい》がはっきりした。

「オオカミだっ！」

走《はし》れ！　走《はし》れ！　走《はし》れ‼

あちこちの方角《ほうがく》から、オオカミの声《こえ》が聞《き》こえてくる。

ウオォォォォ――――ッ！

ウオォォォォ――――ン！

オオカミたちは立《た》てつづけに鳴《な》き、すぐに遠《とお》ぼえの大合唱《だいがっしょう》になった。

「お兄《にい》ちゃん、どうしよう！　オオカミたちにかこまれてる！」

「まずいぞ……オオカミは、ずっとタヒの親子《おやこ》の風下《かざしも》を移動《いどう》しながら、おそいかかるチャンスをうかがってたんだ」

とつぜん、タヒの親子《おやこ》が走《はし》りだした。ひづめの音《おと》をひびかせながら、まっすぐにジャックとアニーのいるほうに向《む》かってくる。

すると、オオカミたちもいっせいに、あちこちの丘《おか》の斜面《しゃめん》をかけおりてきた。いったん丘《おか》のふもとに集結《しゅうけつ》したオオカミが、こんどは一団《いちだん》となってタヒを追《お》いはじめる。

タヒの子馬《こうま》の一方《いっぽう》が、すこしずつおくれはじめた。

と見《み》るや、オオカミの群《む》れがさっとふた手《て》にわかれた。左右《さゆう》からはさみうちにする作戦《さくせん》だ。

群《む》れの中《なか》から銀色《ぎんいろ》の毛《け》の大柄《おおがら》なオオカミがとびだし、ぐんぐん距離《きょり》をつめてくる。

アニーがジャックに言《い》った。

「お兄《にい》ちゃん、いまよ！　歌《うた》わなきゃ！」

「歌《うた》うって、いま？　なにを？　どうやって歌《うた》えばいいんだ？」

「ただ歌《うた》うの！　モーガンの手紙《てがみ》にそう書《か》いてあったでしょ。『**自然《しぜん》に生《い》きる者《もの》たちの歌《うた》を　歌《うた》いましょう……あとは　風《かぜ》にまかせるだけです**』って」

それからアニーは、サドルの上《うえ》に腰《こし》をうかせて立《た》ちあがると、「**うず巻《ま》く風《かぜ》よ、歌《うた》になれ！**」とさけんだ。

つづいて、童謡《どうよう》『**バスのタイヤ**』のメロディーにあわせて、かえ歌《うた》を歌《うた》いだした。

お馬《うま》が走《はし》る　パッカパカ　パッカパカ　パッカパカ
お馬《うま》が走《はし》る　パッカパカ　草原《そうげん》を

ジャックは思《おも》わずずっこけそうになった。絶体絶命《ぜったいぜつめい》のピンチだというのに、歌詞《かし》があまりにものんきすぎる、と思《おも》ったのだ。

それでもアニーは、大声《おおごえ》で歌《うた》いつづけた。

すると、どうしたことか、オオカミたちの走《はし》るスピードがどんどん落《お》ちてきた。

「よおし……ぼくも二番《ばん》、歌《うた》います！」

ジャックもペダルをふんで立《た》ちあがり、おなじ曲《きょく》に即興《そっきょう》で考《かんが》えた歌詞《かし》をつけて、大《おお》声《ごえ》で歌《うた》いだした。

風《かぜ》が吹《ふ》くよ　ビューンビュン　ビューンビュン　ビューンビュン
風《かぜ》が吹《ふ》くよ　馬《うま》たちが　帰《かえ》れるように

ジャックとアニーは声《こえ》をあわせ、大《おお》きな声《こえ》で歌《うた》いつづけた。とっさに考《かんが》えたかえ歌《うた》を、なんどもなんどもくりかえす。

夜《よる》の大草原《だいそうげん》に、ふたりの歌《うた》がひびきわたった。そこへ、奇妙《きみょう》な笛《ふえ》のような音《おと》と、低《ひく》いうなり声《ごえ》が聞《き》こえてきて、大地《だいち》をふるわせた。

ジャックは、歌声《うたごえ》と風《かぜ》がひとつになったような気《き》がした。風《かぜ》が巻《ま》きあげた歌《うた》のメロディーは、はげしくうずを巻《ま》く風《かぜ》の柱《はしら》に変《か》わった。

(あっ、つむじ風《かぜ》!)

ジャックとアニーは目《め》を見開《みひら》いて、うず巻《ま》く風《かぜ》の柱《はしら》を見《み》つめた。

つむじ風《かぜ》は草原《そうげん》の上《うえ》を移動《いどう》しながら、どんどん大《おお》きくなっていく。

ヒヒイイ————ン!

とつぜん、つむじ風《かぜ》の中《なか》から、なにかがいきおいよくとびだしてきた。

りっぱなたてがみをもつ、白《しろ》い雄馬《おうま》だ。うしろ足《あし》で立《た》ちあがり、全身《ぜんしん》をふるわせながら、大声《おおごえ》でいなないている。

「お兄《にい》ちゃんっ、見《み》た!?」

「うん、見《み》た!」

ジャックはそうこたえたものの、自分《じぶん》の目《め》が信《しん》じられない気《き》もちだった。

白《しろ》くかがやく雄馬《おうま》は、長《なが》い首《くび》にたてがみをなびかせながら、タヒの親子《おやこ》のほうに向《む》かって走《はし》りだした。

ぼうっと光《ひかり》をはなつ白馬《はくば》は、つむじ風《かぜ》のように走《はし》って、あっというまにタヒの親子《おやこ》のところへ到達《とうたつ》すると、目《め》のまえでぴたりと立《た》ちどまった。

ヒヒイイ――――ン！

白馬《はくば》はふたたび、大《おお》きないななき声《ごえ》をあげた。タヒたちに向《む》かって、自分《じぶん》についてこいと命《めい》じているかのようだ。

その瞬間《しゅんかん》、風向《かざむ》きが変《か》わった。草原《そうげん》の草《くさ》が、いままでとは逆《ぎゃく》の方向《ほうこう》になびきだす。

白《しろ》く光《ひか》る馬《うま》は、くるりと向《む》きを変《か》え、タヒ保護区《ほごく》のフェンスのほうに向《む》かって走《はし》りだした。そのうしろを、タヒの親子《おやこ》がついていく。

ジャックとアニーが乗《の》ったマウンテンバイクも、さか巻《ま》くような強風《きょうふう》にのみこまれた。ハンドルがきかず、目《め》も開《あ》けていられない。

風《かぜ》にぐいぐいおされるうちに、気《き》づけば、ふたりも、白《しろ》い馬《うま》とタヒの親子《おやこ》のあとを追《お》って走《はし》っていた。

背後《はいご》からの強《つよ》い風《かぜ》に乗《の》って、オオカミたちのほえ声《ごえ》が聞《き》こえてきた。

白馬《はくば》は、銀色《ぎんいろ》の光《ひかり》に照《て》らされた草原《そうげん》を全速力《ぜんそくりょく》でかけていく。

タヒたちがそのあとにつづいた。

ジャックとアニーのマウンテンバイクも、スピード全開《ぜんかい》で走《はし》った。

あまりのはやさに、オオカミたちも追《お》いつけないほどだった。距離《きょり》はどんどん開《ひら》き、ほえ声《ごえ》も遠《とお》のいていく。ついにはまったく聞《き》こえなくなった。

やがて、聞《き》こえるのは風《かぜ》の音《おと》と、馬《うま》たちのひづめが大地《だいち》を蹴《け》る音《おと》だけになった。

フェンスまでやってくると、白《しろ》い馬《うま》とタヒは、はや足《あし》でフェンスに沿《そ》って走《はし》った。

いまや風《かぜ》は弱《よわ》まり、そよ風《かぜ》と呼《よ》べるほどになった。

ジャックとアニーのマウンテンバイクも、追《お》い風《かぜ》がやむとともにとまった。

目《め》のまえに、かけ金《がね》がこわれたフェンスの扉《とびら》があった。かこいの中《なか》から、仲間《なかま》のタヒたちのいななき声《ごえ》が聞《き》こえてくる。

「お兄《にい》ちゃん、はやく親子《おやこ》を中《なか》に入《い》れてあげて！」アニーがさけんだ。

ジャックはマウンテンバイクからとびおりると、フェンスの扉《とびら》にかけよった。

ところが、扉《とびら》は、ロープでかたくむすびつけてあった。

「ああ、どうしよう……ロープがほどけないよ！」

ECO VOLUNTEER

「お兄《にい》ちゃん、はやく！　オオカミたちが来《き》ちゃう！」

そのとき、むすびめがゆるんだ。

ジャックがいそいで扉《とびら》を開《あ》けると、タヒの親子《おやこ》は、かこいの中《なか》にすべりこんだ。すぐに仲間《なかま》たちのいるほうへ、うれしそうにかけよっていく。

ジャックは、それを見《み》とどけてから扉《とびら》を閉《し》め、ふたたびロープでしっかりむすびつけた。

「ふうー……これでよし！」

ほっとするあまり、ジャックはその場《ば》にへたりこみそうになった。

「よかった……！　お兄《にい》ちゃん、グッジョブ！」

アニーがにっこり笑《わら》って言《い》った。

ジャックは、白《しろ》い馬《うま》がいなくなっているのに気《き》づいた。

「あれ、白《しろ》い馬《うま》は？」

「わかんない。さっきまでここにいたんだけど……」アニーが肩《かた》をすくめる。

「あの馬《うま》、どこから来《き》たんだろう？」

「うーん、つむじ風《かぜ》の……中《なか》から？」

「どこへ消《き》えたのかな？」

「さあ……。風《かぜ》がつれていったのかも」

ジャックは草原《そうげん》をふりかえった。

あれほど吹《ふ》きあれていた風《かぜ》が、うそのようにおだやかになっている。しずかな夜《よる》だった。聞《き》こえるのは、かこいの中《なか》にいるタヒたちの鼻息《はないき》と、かすかな虫《むし》の音《ね》だけだ。もう危険《きけん》は去《さ》ったのだ。

ジャックは大《おお》きなため息《いき》をついた。

「ゲルにもどろう。トーヤたちが心配《しんぱい》しているといけないから」

「うん、そうね」

ジャックとアニーはマウンテンバイクを自転車《じてんしゃ》おき場《ば》にもどすと、月明《つきあ》かりの下《した》を遊牧民《ゆうぼくみん》キャンプ地《ち》に向《む》かって歩《ある》きだした。

ジャックはへとへとで、足《あし》を一歩《いっぽ》ずつまえに運《はこ》ぶのもやっとだった。

ようやくキャンプ地《ち》につくと、あたりはしんとしずまりかえっていた。

ふたりは、トーヤ一家《いっか》のゲルの扉《とびら》を開《あ》け、そっと中《なか》にはいった。ロウソクの火《ひ》は、ほとんど燃《も》えつきていた。トーヤたちはぐっすり眠《ねむ》っている。だれかのかすかないびきが聞《き》こえた。

うす暗《ぐら》い部屋《へや》の中《なか》で、ジャックとアニーはあいているソファに横《よこ》になった。ふわふわのヒツジの毛皮《けがわ》をからだにかける。

「お兄《にい》ちゃん、おやすみ」

「おやすみ、アニー」

ふたりはささやきあって、目《め》を閉《と》じた。

ストーブの薪《まき》がパチパチはぜる音《おと》が聞《き》こえる。

風《かぜ》は去《さ》った。

オオカミたちも去《さ》った。

タヒたちは、ふるさとの地《ち》であたらしい生活《せいかつ》をむかえた最初《さいしょ》の夜《よる》、みな無事《ぶじ》に眠《ねむ》りについたのだった。

ミステリー事《じ》件《けん》の真《しん》犯《はん》人《にん》

「お兄《にい》ちゃん、お兄《にい》ちゃん、起《お》きて！」

ジャックは目《め》を開《あ》けた。

一瞬《いっしゅん》、自分《じぶん》がどこにいるのかわからなかった。

ソファの横《よこ》で、アニーが顔《かお》をのぞきこんでいる。

「おはよう！　トーヤたちはみんな、外《そと》にいるわ」

「あ、うん……」

ジャックはからだを起《お》こして、ゲルの中《なか》を見《み》わたした。

「ねえアニー……。きのうの夜《よる》、ぼくたちマウンテンバイクで草原《そうげん》を走《はし》ったよね？あのとき起《お》こったのがほんとうのことだなんて、とても信《しん》じられないよ」

「魔法《まほう》の力《ちから》よ。モーガンの手紙《てがみ》のね」

「うん、そうだね……」

そのとき、扉《とびら》を開《あ》けて、お母《かあ》さんのバトゥがはいってきた。

「あら、ふたりとも起《お》きてたのね！　おはよう」

「バトゥさん、おはようございます」

ほがらかな笑顔《えがお》のバトゥに、ジャックとアニーは声《こえ》をそろえてあいさつした。

「きのうの夜《よる》はどこに行《い》っていたの？　きっとほかのエコ・ボランティアが泊《と》まっているゲルに行《い》ったんだろうって、みんなと話《はな》していたの。でも、あんなことが起《お》きてバタバタしていたから、朝《あさ》になったらよそのゲルにさがしに行《い》こうと思《おも》っていたら、ふたりともちゃんともどってきて、ぐっすり眠《ねむ》っていたから、おどろいたわ！」

「ご心配《しんぱい》かけて、すみませんでした」

ジャックがあやまった。

「満月《まんげつ》がすごくきれいだったから、お散歩《さんぽ》に行《い》ってたんです。もどるのがすっかりおそくなっちゃいました」

アニーも言《い》う。

「あら、そうだったの！」

バトゥが、朝《あさ》ごはんのお盆《ぼん》をふたつ、テーブルの上《うえ》においた。こんがり焼《や》いたパンと自家製《じかせい》のバター、そして熱々《あつあつ》のミルクティーだ。

「ところで、カーンから伝言《でんごん》があってね。あなたたちを町《まち》に送《おく》っていくから、準備《じゅんび》ができたら、バスのところへ来《き》てくれって。そうそう、それから――カーンは、いい知《し》らせももってきてくれたのよ。まあ、朝《あさ》ごはんを食《た》べながら聞《き》いてちょうだい」

「ありがとうございます。いただきます！」

アニーとジャックは、食卓《しょくたく》について、朝《あさ》ごはんを食《た》べはじめた。

バトゥがふたりのカップに、ミルクティーのおかわりをそそいでくれる。

「それで……カーンさんのいい知《し》らせって、なんですか？」

ジャックがたずねた。

「それがね……。カーンが明《あ》けがたタヒを見《み》に行《い》ったら、かこいの中《なか》に十二頭《とう》ぜんぶいたんですって！　それでまた朝《あさ》から大《おお》さわぎだったのよ！　どうやら母馬《ははうま》と双子《ふたご》の子馬《こうま》は、ゆうべちょっとだけ群《む》れからはなれて、かこいの中《なか》をお散歩《さんぽ》してたらしいの。あなたたちみたいにね！」

バトゥがおかしそうに笑《わら》う。

ジャックは迷《まよ》った。

(バトゥさんには、ほんとうのことを話《はな》したほうがいいのかな)

でも、ほんとうのことを話《はな》したら……。ジャックのせいで、ほんとうにタヒの親子《おやこ》が逃《に》げていたことがわかったら、トーヤとカーンさんは、どうなるんだろう?

それに、ジャックたちのマウンテンバイクが風《かぜ》に運《はこ》ばれて、なん時間《じかん》も草原《そうげん》を走《はし》りまわったことを、どう説明《せつめい》すればいい? オオカミの群《む》れが、タヒの親子《おやこ》におそいかかろうとしたことは? さらには、つむじ風《かぜ》の中《なか》から白《しろ》い馬《うま》があらわれて、タヒたちを安全《あんぜん》なかこいの入《い》り口《ぐち》までつれ帰《かえ》ってくれたことは……?

どの話《はなし》も、かんたんに信《しん》じてもらえるとは思《おも》えなかった。

アニーもおなじことを考《かんが》えていたのか、ジャックに目《め》くばせして言《い》った。

「とにかく、みんな無事《ぶじ》でよかったわ。ねっ、お兄《にい》ちゃん!」

「……うん……よかった」

ジャックは小声《こごえ》でこたえた。しかし、心《こころ》は完全《かんぜん》には晴《は》れない。

アニーがバトゥにたずねた。

「ところで、ゆうべはどうして、かこいの扉《とびら》が開《あ》いたままになってたんでしょうね？」

すると、バトゥが笑《わら》いながら話《はな》しだした。

「ああ、そのことだけどね、あれはだれのせいでもなかったの！　きのうの夜《よる》、カーンがタヒたちのようすを見《み》に行《い》ったとき、もともとこわれかけてたかけ金《がね》が、強風《きょうふう》のせいでゆるんで、地面《じめん》に落《お》ちちゃってたんですって！　それで、カーンはあわててロープでむすんだんだけど、そのときタヒの親子《おやこ》の姿《すがた》が見《み》えなかったものだから、そこから逃《に》げたと思《おも》いこんで大《おお》さわぎした、っていうわけ！　だから――このミステリー事件《じけん》の真犯人《しんはんにん》は『風《かぜ》』だった、っていうことね」

ジャックとアニーは、思《おも》わず顔《かお》を見《み》あわせた。

「そうだったんだ……。ぼくはてっきり――」

言《い》いかけて、ジャックは口《くち》をつぐんだ。

（てっきり、ぼくのせいだと思《おも》ってた。でも……そうじゃなかったんだ！）

アニーが笑顔《えがお》でジャックを見《み》た。

「だれのせいでもなくてよかったわ！　ねっ、お兄《にい》ちゃん！」

「うん、そうだね……」

ジャックは、涙《なみだ》がこぼれそうになるのをがまんした。胸《むね》のつかえがとれたような気《き》もちだった。

「あの、バトゥさん、かこいの扉《とびら》はもうなおったんですか？」

「いいえ、まだよ。でもいまは、しっかりロープでむすんであるからだいじょうぶ。カーンがあなたたちを町《まち》へ送《おく》っていくときに、あたらしいかけ金《がね》を買《か》ってくることになっているわ。大切《たいせつ》なタヒをまもるために、ちゃんと手入《てい》れをしないとね。——さあ、ふたりとも、ごはんを食《た》べおわったら、そろそろ行《い》きましょう。カーンが待《ま》ってるわ」

「はい！」

「ごちそうさまでした！　ほんとうに、おいしかったです」

ジャックはトートバッグを持《も》って、アニーといっしょに席《せき》を立《た》った。バトゥのあとについて外《そと》に出《で》る。

キャンプ地《ち》には、まぶしい朝《あさ》の光《ひかり》がふりそそいでいた。空気《くうき》はぴりっとつめたいけれど、風《かぜ》はおだやかだ。

キャンプ地《ち》に住《す》む人《ひと》たちは、みな朝《あさ》はやくからはたらいていた。トーヤの弟《おとうと》ガンは、子《こ》ヒツジに哺乳《ほにゅう》びんでミルクを飲《の》ませている。お兄《にい》さんのバートルは、薪割《まきわ》りをしている。

お父《とう》さんのドルジは、腕《うで》にイヌワシをとまらせて、狩《か》りの訓練中《くんれんちゅう》だった。頭《あたま》と首《くび》のまわりに黄金色《こがねいろ》の羽《はね》が生《は》えたそのイヌワシには、見《み》おぼえがあった。イヌワシのほうも、するどい目《め》でジャックとアニーを見《み》つめている。

ジャックは、アニーにささやいた。

「きのうのイヌワシだね」

「そうね」

アニーもささやきかえす。

それからジャックは、トーヤ一家《いっか》が飼《か》っている馬《うま》の群《む》れに目《め》をやった。茶色《ちゃいろ》の馬《うま》、黒《くろ》い馬《うま》、灰色《はいいろ》や赤茶色《あかちゃいろ》の馬《うま》——。でも、長《なが》いたてがみの白《しろ》い馬《うま》は一頭《とう》もいない。

やっぱり、ゆうべのあの白馬《はくば》は……。

「バトゥさん、トーヤはどこですか？」

アニーがたずねた。

「カーンといっしょに、バスのところで待《ま》っているわ。あなたたちを町《まち》まで送《おく》っていきたいんですって」

「わあ、うれしい！　町《まち》までトーヤと、いっぱいおしゃべりできるわ」と、アニー。

ジャックがバトゥにお礼《れい》を言《い》う。

「バトゥさん、ほんとうに、いろいろありがとうございました」

アニーも言《い》った。

「バトゥさんの家族《かぞく》は、すばらしいホストファミリーでした！」

バトゥが声《こえ》をあげて笑《わら》う。

「あなたたちも、トーヤのいい友《とも》だちになってくれてありがとう。トーヤはほんとうにうれしそうだったわ。またいつでもいらっしゃいね。さようなら！」

「さようなら！」

ジャックとアニーは声《こえ》をあわせて言《い》った。

それからふたりは、いくつかのゲルのまえを通《とお》って、バス乗《の》り場《ば》へと歩《ある》いていった。

バス乗《の》り場《ば》に、**モンゴル・ツアー**のバスがとまっていた。

「おう、来《き》たか、おふたりさん。さあ、乗《の》った乗《の》った！」

運転席《うんてんせき》の窓《まど》を開《あ》けて、カーンが手《て》まねきする。

「カーンさん、よろしくおねがいします！」

バスに乗《の》りこむと、後部座席《こうぶざせき》にトーヤがすわっていた。

ジャックとアニーはうしろへ歩《ある》いていき、トーヤをはさんですわった。

「トーヤが来《き》てくれてうれしい！」

「わたしも。町《まち》までいっしょに行《い》けて、うれしいわ！」

アニーとトーヤがほほえみあう。

バスのエンジンが**ブルルルン**！と大《おお》きな音《おと》をたてた。バスは土《つち》ぼこりをあげながら、ガタゴトと走《はし》りだした。

「ねえ、ふたりとも、きのうの夜《よる》はどこに行《い》ってたの？」

トーヤが聞《き》いた。

「タヒの保護区《ほごく》に行《い》ってたの」

アニーのことばに、トーヤは「やっぱり」という顔《かお》をした。

「なにをしに？」

「それは……」

ジャックはことばにつまった。

アニーがジャックに、「話《はな》して」というジェスチャーを送《おく》ってきた。アニーはトーヤに、ほんとうのことを言《い》いたがっているのだ。

ジャックはアニーにうなずき、それからトーヤに向《む》きなおった。

「わかった、ぜんぶ話《はな》すよ。――ぼくたち、夜《よる》にゲルを出《で》て、保護区《ほごく》の事務所《じむしょ》へ行《い》って、マウンテンバイクを二台《だい》かりたんだ」

「いなくなったタヒの親子《おやこ》をさがすために」と、アニーがつけくわえる。

トーヤが目《め》を見開《みひら》いた。

「そんなあぶないことを……タヒの親子《おやこ》が行方不明《ゆくえふめい》になったっていうのは、カーンおじさんのかんちがいだったのに……」

アニーが、運転席《うんてんせき》に聞《き》こえないように、小《ちい》さな声《こえ》で言《い》った。

「うん。でも、ほんとうはカーンさんのかんちがいなんかじゃなかったの。わたしたちがマウンテンバイクで風《かぜ》の吹《ふ》く方向《ほうこう》に走《はし》っていったら、かこいのずっとむこうの丘《おか》のふもとで、タヒの母馬《ははうま》と子馬《こうま》二頭《とう》が草《くさ》を食《た》べているのを見《み》つけて――」

「うそでしょ!?」

「ほんとなんだ」と、ジャック。

「そのとき、あっちこっちから遠《とお》ぼえが聞《き》こえて、オオカミの群《む》れが丘《おか》の斜面《しゃめん》をいっせいにかけおりてきたの」

アニーが言《い》うと、トーヤは手《て》で口《くち》をおおった。

「やだ!」

「タヒの親子《おやこ》は、走《はし》って逃《に》げた。でも、銀色《ぎんいろ》のオオカミに追《お》いつかれそうになったんだ……。それでぼくたちは、歌《うた》を歌《うた》った。大《おお》きな声《こえ》でなんどもなんども。そしたら、ぼくたちに代《か》わって、風《かぜ》が歌《うた》いだしたんだ」

トーヤはおどろきに目《め》をまるくし、声《こえ》を殺《ころ》して聞《き》いた。

「……それから？」

「風《かぜ》はかん高《だか》い音《おと》でヒュウヒュウ吹《ふ》いたり、低《ひく》い音《おと》でうなったりしたかと思《おも》うと、そのうちにうずを巻《ま》きだして……とうとう、大《おお》きなつむじ風《かぜ》になった」

「そのつむじ風《かぜ》の中《なか》から、ふしぎな馬《うま》がとびだしてきたの！　とってもきれいな白《しろ》い馬《うま》で、たてがみがすごく長《なが》かった」

「ええっ　まさか!!」

トーヤがすっとんきょうな声《こえ》をあげる。

ジャックとアニーは同時《どうじ》に言《い》った。

「ほんとなんだってば！」

風《かぜ》の馬《うま》

「トーヤ、ほんとにほんとよ。その馬《うま》はタヒたちを引《ひ》きつれて、草原《そうげん》を走《はし》ったの。オオカミたちが追《お》いつけないような猛《もう》スピードでね」

「馬《うま》たちは全速力《ぜんそくりょく》で走《はし》りつづけて、無事《ぶじ》にかこいの中《なか》にもどった。そのあと、ぼくたちが扉《とびら》を閉《し》めて、ロープでしばったんだ」

アニーとジャックがなにもかも話《はな》しおえると、トーヤが声《こえ》をしぼり出《だ》した。

「……それで……そのふしぎな馬《うま》は、どうしたの？」

「いなくなった。急《きゅう》に消《き》えちゃったの」

「あの馬《うま》がどこから来《き》て、どこへ行《い》ったのか、ぼくたちにもぜんぜんわからないんだ」

すると、トーヤが声《こえ》をひそめて言《い》った。

「……もしかしたらその馬《うま》、『風《かぜ》の馬《うま》』だったのかも」

「風《かぜ》の馬《うま》？」

ジャックが聞《き》く。

「そう。ゆうべ父《とう》さんが歌《うた》っていたでしょう？　風《かぜ》の馬《うま》はモンゴルの古《ふる》い言《い》い伝《つた》えに出《で》てくる、神聖《しんせい》な動物《どうぶつ》のことよ。馬《うま》の力《ちから》と勇気《ゆうき》をもち、風《かぜ》のように走《はし》るの」

「トーヤ、きっとそうよ！　あれは風《かぜ》の馬《うま》だったんだと思《おも》う。だって、タヒを救《すく》いに来《き》てくれたんだもの！」

アニーのことばに、トーヤもうなずいた。

「風《かぜ》の馬《うま》を見《み》ると幸運《こううん》になると言《い》われているの。風《かぜ》の馬《うま》が姿《すがた》を見《み》せてくれたなら、タヒの未来《みらい》は明《あか》るいと思《おも》うわ。きっと、モンゴルの草原《そうげん》で長生《ながい》きしてくれるはずよ！」

アニーが言《い》った。

「このあと、ほかの動物園《どうぶつえん》からも、タヒたちが送《おく》られてくることになってるんでしょう？」

「そうよ。動物園《どうぶつえん》の人《ひと》たちにはとても感謝《かんしゃ》してるの。タヒたちをこれまで無事《ぶじ》に育《そだ》ててきてくれたうえに、モンゴルに帰《かえ》すために協力《きょうりょく》してくれてるんだもの」

「あのさ、トーヤ……。そのことでひとつ、聞《き》きたいことがあるんだ」

ジャックが言《い》った。

「いいわよ。なあに？」

「ここはタヒのふるさとの土地《とち》だけど、オオカミやクマたちにねらわれる危険《きけん》があるよね。だとしたら、安全《あんぜん》な動物園《どうぶつえん》を出《で》て、ここにもどってくることは、タヒにとってほんとにいいことだと言《い》えるのかな」

するとき、トーヤは力強《ちからづよ》くうなずいた。

「言《い》えるわ。きのうの夜《よる》、父《とう》さんが話《はな》してくれたの。『タヒたちがふるさとの自然《しぜん》の中《なか》でくらすことには、たしかに危険《きけん》もある。でも、モンゴルの草原《そうげん》にいれば、タヒたちは大地《だいち》を思《おも》いきりかけまわることができる。きれいな小川《おがわ》の水《みず》を飲《の》んだり、丘《おか》のてっぺんからはるか遠《とお》くの山々《やまやま》をながめることができるんだ』、って」

「そうか……。それはたしかに、動物園《どうぶつえん》にいるよりずっとしあわせだね」

トーヤはうなずいた。

「ただまもられるより、自由《じゆう》のほうが大事《だいじ》なこともあるって、父《とう》さんが言《い》ってた」

「わたしもトーヤのお父《とう》さんに賛成《さんせい》！　だけど、せめて保護区《ほごく》のまわりにはオオカミがいなければいいのに、って思《おも》っちゃうわ……」と、アニー。

ECO
VOLUNTEER
ECO
VOLUNTEER

「そうね……。でも、オオカミも自然界《しぜんかい》には必要《ひつよう》な存在《そんざい》なのよ。生《い》き物《もの》どうしのバランスをまもるために、野生《やせい》の世界《せかい》にいらない命《いのち》はひとつもないんだわ」

「たしかに……！」と、ジャック。

「オオカミたちも自然《しぜん》の一部《いちぶ》だものね。『生態系《せいたいけい》』っていうんだっけ、お兄《にい》ちゃん？」

「うん、そうそう！」

三人《にん》は、笑顔《えがお》でうなずきあった。

バスの窓《まど》に、小《ちい》さな工場《こうじょう》やアパートがポッポッと見《み》えはじめた。町《まち》にもどってきたのだ。

バスは混雑《こんざつ》する道路《どうろ》をゆっくりと走《はし》りぬけ、やがて、スフバートル広場《ひろば》までやってきた。

カーンが広場《ひろば》の角《かど》でバスをとめた。きのう出発《しゅっぱつ》したのとおなじ場所《ばしょ》だ。

ジャックとアニーは、運転席《うんてんせき》まで歩《ある》いていった。

カーンが声《こえ》をかける。

「じょうちゃんたち、ほんとうにこの広場《ひろば》でおろしていいのかい？　ホテルまで送《おく》っていってもいいんだぞ」

「いえ、ここでだいじょうぶです！」

ジャックがこたえる。

「だが、子《こ》どもふたりだけでほうりだすのはなあ……」

しぶい顔《かお》をするカーンに、アニーは言《い》った。

「ママとパパが、もうすぐここへむかえに来《き》てくれるから、だいじょうぶです！　このあと、家族《かぞく》でサイクリングすることになってるんです。カーンさん、送《おく》ってくれてありがとうございました」

「ほんとうにお世話《せわ》になりました」

ジャックもお礼《れい》を言《い》う。

カーンがうなずいた。

「ああ。ふたりとも、元気《げんき》でな」

「あのね、おじさん、すぐもどるから、ちょっとだけここで待《ま》ってて」

トーヤはカーンに声《こえ》をかけると、ジャックとアニーといっしょにバスをおりた。

「ねえ。ふたりはこのあと、どこに行《い》くの？」

トーヤが聞《き》いた。

「アメリカのペンシルベニア州《しゅう》フロッグクリークっていうところに、帰《かえ》るんだ」

ジャックがこたえる。

「どうやって帰《かえ》るの？」

「えーと、それは……」

アニーは、にっこり笑《わら》って言《い》った。

「風《かぜ》に乗《の》って飛《と》んでいくの！　風《かぜ》の馬《うま》みたいにね」

「わあ、うらやましいわ！」

トーヤが言《い》う。

三人《にん》は声《こえ》をあげて笑《わら》った。

「それじゃあ、ジャック、アニー。元気《げんき》でね」

「トーヤ、きみもね」

「タヒたちに、よろしくね！」

するとトーヤが、バスの中《なか》のカーンに聞《き》こえないように、小声《こごえ》で言《い》った。

「タヒを助《たす》けてくれて、ありがとう」

その目《め》には、かすかに涙《なみだ》がうかんでいた。

「ふたりとも、とってもすばらしいエコ・ボランティアだったわ。出会《であ》えてよかった。さよならするの、さびしいな」

「わたしたちも、トーヤとおわかれするのはさびしいわ」

アニーもこたえる。

トーヤはさっと涙《なみだ》をふくと、ふたりにとびきりの笑顔《えがお》を向《む》けた。

「エコ・ボランティア・ツアーにご参加《さんか》ありがとう！　またいつかお会《あ》いしましょうね！」

そう言《い》うと、くるっとうしろを向《む》いてバスにとび乗《の》った。

カーンがバスのドアを閉《し》める。

ジャックとアニーは、バスが角《かど》を曲《ま》がって見《み》えなくなるまで、手《て》をふりながら見送《みおく》った。

MT-53
ECO VOLUNTEER

それからふたりは、広場《ひろば》でいちばん背《せ》の高《たか》い木《き》の下《した》へ歩《ある》いていくと、ツリーハウスのなわばしごをつかんでのぼった。

ツリーハウスの中《なか》にはいり、窓《まど》の外《そと》をながめる。

コンクリートのビルのむこうに、青空《あおぞら》が見《み》えた。

アニーがちょっとしんみりして、言《い》った。

「いまごろタヒたちは、青空《あおぞら》の下《した》を元気《げんき》にかけまわっているのかしら……」

ジャックも言《い》った。

「そうだね。朝《あさ》ごはんに草原《そうげん》の草《くさ》を食《た》べ、小川《おがわ》の水《みず》を飲《の》んで、『おいしい！』って言《い》ってるんじゃないかな」

「大自然《だいしぜん》の中《なか》で生《い》きていくのは、たのしいことばかりじゃないかもしれないけど」

「ご先祖《せんぞ》さまに見《み》まもられながら、子孫《しそん》がどんどん増《ふ》えていくといいね」

アニーはペンシルベニア州《しゅう》の本《ほん》を手《て》にとり、フロッグクリークの森《もり》の写真《しゃしん》がのったページを開《ひら》いた。そして、写真《しゃしん》を指《ゆび》さして言《い》う。

「ここに、帰《かえ》りたい！」

そのとたん、風《かぜ》が巻《ま》きおこった。
ツリーハウスがいきおいよくまわりはじめた。
回転《かいてん》はどんどんはやくなる。
ジャックは思《おも》わず目《め》をつぶった。
やがて、なにもかもがとまり、しずかになった。
なにも聞《き》こえない——。

＊　＊　＊

ピピピピ、チチチチ……
小鳥《ことり》のさえずりが聞《き》こえる。
ジャックはゆっくり目《め》を開《あ》けて、あたりを見《み》まわした。
午後《ごご》の日《ひ》ざしがまぶしく、ほおにあたる風《かぜ》はあたたかかった。
「ぼくたち、帰《かえ》ってきたんだね」
ふたりとも、フロッグクリークを出発《しゅっぱつ》したときのかっこうにもどっていた。

「あらっ？　トートバッグもなくなってる！」

「ほんとだ。エコ・ボランティアのガイドブックは、できれば持《も》って帰《かえ》りたかったな。すごく勉強《べんきょう》になったよ」

「出発《しゅっぱつ》まえは、モンゴルのことをぜんぜん知《し》らなかったけど、ほんとうにすてきなところだったわね、お兄《にい》ちゃん」

「うん。最高《さいこう》の冒険《ぼうけん》だったよ。ぼくのせいでタヒがいなくなったと思《おも》ったときは、どうしようかと思《おも》ったけど……」

「わかる。でも、お兄《にい》ちゃんはえらいわ。ちゃんと責任《せきにん》をもって、タヒをかこいの中《なか》にもどしてあげたんだもん」

「アニーのおかげだよ。モーガンの魔法《まほう》と、マウンテンバイクと、風《かぜ》の馬《うま》が力《ちから》をかしてくれたおかげでもあるけどさ」

「ほんとね。——そうだわ、お兄《にい》ちゃん。ママとサイクリングに行《い》くなら、はやく家《いえ》にもどらないと」

「あっ、そうだった！」

ふたりはツリーハウスのなわばしごをおり、フロッグクリークの森《もり》の小道《こみち》をいそぎ足《あし》で歩《ある》いていった。

ジャックが言《い》った。

「フロッグクリークの湖《みずうみ》までサイクリングか……。モンゴルの大草原《だいそうげん》をマウンテンバイクで走《はし》るのにくらべたら、すごくらくちんだね」

「まあね。でも、湖《みずうみ》までのサイクリングもたのしいわよ、きっと」

「うん。すくなくとも、オオカミに追《お》いかけられることはないだろうしね」

アニーが森《もり》の木《き》を見《み》あげながら、言《い》った。

「ねえ、お兄《にい》ちゃん。わたしはこのフロッグクリークが大好《だいす》きよ。いつかこの町《まち》をはなれて、どこかほかの町《まち》でくらすかもしれないけど、ふるさとの森《もり》や湖《みずうみ》や、鳥《とり》や花《はな》のことは、ぜったいわすれないわ」

ジャックもうなずいた。

「ぼくもそうだよ。ふるさとの思《おも》い出《で》は、一生《いっしょう》の宝物《たからもの》だ」

「――だからね、お兄《にい》ちゃん。もしもわたしが動物園《どうぶつえん》の檻《おり》に入《い》れられて、どこか遠《とお》くにつれていかれちゃったら、ふるさとにもどってこられるように助《たす》けてくれる?」

「うん。助《たす》けてあげるよ。アニーがこの場所《ばしょ》にもどってこられるようにね」

「リスや小鳥《ことり》たちがいる、わたしの大好《だいす》きなこの場所《ばしょ》に」

「もちろん！　ファーストクラスのクレートでつれて帰《かえ》る、って約束《やくそく》するよ」

「よかった。じゃあ、もしもお兄《にい》ちゃんがそうなったら、わたしがここにつれて帰《かえ》ってあげるからね！」

ふたりは声《こえ》をあげて笑《わら》った。

まもなく、ふたりは森《もり》のはずれまでやってきた。

木《こ》かげにとめておいた自転車《じてんしゃ》のサドルにまたがって、ジャックが言《い》った。

「うん、やっぱりぼくの自転車《じてんしゃ》は最高《さいこう》だ！」

アニーもうなずきながら言《い》う。

「軽《かる》いし、サイズもぴったりだしね！」

「よし、行《い》こう、アニー！」

「オッケー！　じゃあ、家《いえ》まで競争《きょうそう》ね！」

ジャックとアニーは、力《ちから》いっぱいペダルをふんだ。
自転車《じてんしゃ》の車輪《しゃりん》がまわりはじめる。
ふたりは森《もり》を出《で》ると、家《いえ》に向《む》かって風《かぜ》のように自転車《じてんしゃ》を走《はし》らせた。

（マジック・ツリーハウス　第《だい》54巻《かん》につづく）

動物《どうぶつ》保護《ほご》・生物《せいぶつ》多様性《たようせい》について考《かんが》えてみよう！

『モンゴル大草原《だいそうげん》 風《かぜ》の馬《うま》』探険《たんけん》ガイド

『マジック・ツリーハウス53　モンゴル大草原《だいそうげん》 風《かぜ》の馬《うま》』は、いかがでしたか？
モンゴルの歴史《れきし》や人々《ひとびと》のくらし、自然《しぜん》や野生動物《やせいどうぶつ》などについて、もっとくわしく知《し》りたい！
と思《おも》ったら、ぜひ読書感想文《どくしょかんそうぶん》や自由研究《じゆうけんきゅう》のテーマにして、みなさんでいろいろ調《しら》べてみてください。この探険《たんけん》ガイドは、そのためのヒント集《しゅう》です！

モンゴルといえば？

みなさんは「モンゴル」と聞《き》いて、なにを思《おも》いうかべますか？

大相撲《おおずもう》の力士《りきし》にモンゴル出身者《しゅっしんしゃ》が多《おお》いことは有名《ゆうめい》ですね。元横綱《もとよこづな》の照ノ富士《てるのふじ》や白鵬《はくほう》、第《だい》七十四代《だい》横綱《よこづな》となった豊昇龍《ほうしょうりゅう》もモンゴル出身《しゅっしん》です。自国出身《じこくしゅっしん》の力士《りきし》たちが活《かつ》やくしていることから、モンゴルでも日本《にっぽん》の相撲《すもう》に高《たか》い関心《かんしん》がよせられているそうです。モンゴルには「ブフ」という

モンゴル

N
ロシア
モンゴル
ウランバートル
ホスタイ国立公園
北京
北朝鮮
韓国
日本
東京
中国
台湾
ミャンマー
タイ
フィリピン
ベトナム
0
1,000km

相撲《すもう》とよく似《に》た競技《きょうぎ》があり、レスリングなどの格闘技《かくとうぎ》スポーツもたいへんさかんです。

またモンゴルといえば、民族楽器《みんぞくがっき》の馬頭琴《ばとうきん》を題材《だいざい》にした童話《どうわ》『スーホの白《しろ》い馬《うま》』を思《おも》いうかべる人《ひと》も多《おお》いでしょう。少年《しょうねん》と馬《うま》の絆《きずな》がえがかれたこの物語《ものがたり》は、日本《にっぽん》で小学校《しょうがっこう》の教科書《きょうかしょ》にとりあげられ、六十年《ねん》以上《いじょう》ものあいだ、たくさんの子《こ》どもたちに読《よ》みつがれてきました。いまでは日本《にっぽん》とモンゴルをむすぶ絆《きずな》となっています。

かつてモンゴルは、世界最大《せかいさいだい》の帝国《ていこく》だった！

モンゴルは面積《めんせき》一五六万《まん》四一〇〇平方《へいほう》キロメートル、日本《にっぽん》の約《やく》四倍《ばい》の国土《こくど》をもつ大《おお》きな国《くに》です。しかし十三～十四世紀《せいき》のなかば頃《ごろ》は、西《にし》は東《ひがし》ヨーロッパから、東《ひがし》は中国《ちゅうごく》・朝鮮半島《ちょうせんはんとう》までを領土《りょうど》とする、それまでの世界史上《せかいしじょう》でも最大《さいだい》の大帝国《だいていこく》でした。当時《とうじ》、世界人口《せかいじんこう》のじつに四分《ぶん》の一をこえる人々《ひとびと》が、モンゴル帝国《ていこく》の支配下《しはいか》にあったといわれています。

そんな大帝国《だいていこく》の基礎《きそ》を一代《だい》で築《きず》いたのが、初代皇帝《しょだいこうてい》のチンギス・ハン（一一六二年《ねん》～一二二七年《ねん》）です。チンギス・ハンは、遊牧民《ゆうぼくみん》の部族《ぶぞく》をまとめ、強大《きょうだい》な騎馬軍団《きばぐんだん》をつくりあげて、またたくまに領土《りょうど》を広《ひろ》げました。モンゴルでは、いまでも民族《みんぞく》の英雄《えいゆう》として崇拝《すうはい》されています。

チンギス・ハン（提供：akg-images/アフロ）

チンギス・ハンが亡《な》くなったあと、孫《まご》のフビライが中国《ちゅうごく》を征服《せいふく》し、元《げん》という国《くに》を開《ひら》きました。フビライは日本《にっぽん》にも二度《ど》兵《へい》を送《おく》りましたが、いずれも船団《せんだん》が暴風《ぼうふう》に見《み》まわれ、撤退《てったい》しました。このできごとは、日本《にっぽん》で「元寇《げんこう》」と呼《よ》ばれています。また、モンゴル軍《ぐん》を追《お》いはらった暴風《ぼうふう》は「神風《かみかぜ》」伝説《でんせつ》として、のちの世《よ》まで語《かた》りつがれることになりました。

遊牧民《ゆうぼくみん》——自然《しぜん》と動物《どうぶつ》とともに生《い》きる

草原《そうげん》が広《ひろ》がるモンゴルの地《ち》では、チンギス・ハンよりずっとまえの時代《じだい》から、遊牧生活《ゆうぼくせいかつ》がおこなわれてきました（42ページ）。馬《うま》、牛《うし》、ヒツジ、ヤギ、ラクダといった家畜《かちく》は、たとえばヒツジの毛《け》から服《ふく》を作《つく》ったり、牛《うし》の乳《ちち》からチーズやバターをつくったりなど、遊牧民《ゆうぼくみん》の生活《せいかつ》に欠《か》かせません。なかでも馬《うま》は、広《ひろ》い草原《そうげん》を移動《いどう》したり、荷物《にもつ》を運《はこ》んだりするために、なくてはならないパートナーです。遊牧民《ゆうぼくみん》たちは馬《うま》を大切《たいせつ》に育《そだ》て、世話《せわ》をします。

馬頭琴《ばとうきん》とホーミー

モンゴルの遊牧民文化《ゆうぼくみんぶんか》は、自然《しぜん》や生《い》き物《もの》と深《ふか》くむすびついています。たとえば、62ページと87ページに登場《とうじょう》する馬頭琴《ばとうきん》は、棹《さお》の部分《ぶぶん》に馬《うま》の頭《あたま》の彫刻《ちょうこく》がほどこされた伝統的《でんとうてき》な弦楽器《げんがっき》で、馬《うま》のいななきやひづめの音《おと》、風《かぜ》の音《おと》や草原《そうげん》がざわめく音《おと》などを表現《ひょうげん》します。

モンゴル夏の遊牧民キャンプ（写真：HEMIS/アフロ）

モンゴルの民族楽器、馬頭琴
（写真：HEMIS/アフロ）

また、おなじく87ページでトーヤのお父《とう》さんが歌《うた》うホーミー（のど歌《うた》）も、その独《どく》特《とく》な歌《うた》いかたで、風《かぜ》や川《かわ》の流《なが》れなど自然《しぜん》の音《おと》を表現《ひょうげん》します。ホーミーは人《ひと》や動物《どうぶつ》の心《こころ》をいやす効果《こうか》があるといわれ、お産《さん》のときに歌《うた》って聞《き》かせ、リラックスさせることもあるそうです。

遊牧民《ゆうぼくみん》の家《いえ》ゲルのまめ知識《ちしき》

43〜44ページで説明《せつめい》されている、遊牧民《ゆうぼくみん》のテント式住居《しきじゅうきょ》ゲルについて見《み》てみましょう。

ゲルとは、モンゴル語《ご》で「家《いえ》」という意味《いみ》です。

ゲルの天井《てんじょう》には、まるい天窓《てんまど》があります。室内《しつない》でストーブをたくときは、天窓《てんまど》に通《とお》した煙突《えんとつ》から煙《けむり》を出《だ》します。夜間《やかん》や雨《あめ》の日《ひ》は天窓《てんまど》を布《ぬの》でおおい、日中《にっちゅう》は天窓《てんまど》から光《ひかり》をとり入《い》れます。さしこむ光《ひかり》の方角《ほうがく》で、時刻《じこく》もわかるといいます。

遊牧民の家ゲル（写真：imagebroker/アフロ）

ゲルには水道《すいどう》がないため、遊牧民《ゆうぼくみん》の人《ひと》たちは、川《かわ》や池《いけ》、共同井戸《きょうどういど》などの水場《みずば》の近《ちか》くにゲルをたてます。また現在《げんざい》では、太陽光《たいようこう》パネルで発電《はつでん》し、テレビなどの電気製品《でんきせいひん》も使用《しよう》しています。

ほとんどの場合《ばあい》、ひとつのゲルにひと家族《かぞく》が住《す》み、人数《にんずう》が増《ふ》えるとゲルを増《ふ》やします。倉庫《そうこ》や家畜《かちく》のためのゲルもあるそうです。

モンゴルの人々《ひとびと》は、いまどんなふうにくらしているの？

近年《きんねん》モンゴルでは、仕事《しごと》を求《もと》めて都市《とし》に住《す》む人《ひと》が増《ふ》えつづけ、国《くに》の人口《じんこう》の約半分《やくはんぶん》が、首都《しゅと》ウランバートルに集《あつ》まっています。一方《いっぽう》、遊牧民《ゆうぼくみん》は人口《じんこう》の約《やく》一割《わり》に減《へ》ってしまいました。

人口《じんこう》が急《きゅう》に増《ふ》えたウランバートルでは、公害《こうがい》が問題《もんだい》となっています。多《おお》くの住民《じゅうみん》が、都市《とし》に引《ひ》っこしてからも、ゲルを住《す》まいにしていることが原因《げんいん》のひとつです。ゲルには上下水道《じょうげすいどう》がなく、外《そと》に掘《ほ》った穴《あな》がトイレとして使《つか》われているため、地下水《ちかすい》のよごれが広《ひろ》がっています。また、ストーブの燃料《ねんりょう》として使《つか》われる石炭《せきたん》が、深刻《しんこく》な大気汚染《たいきおせん》を引《ひ》きおこしています。

モンゴルでは、大気《たいき》を汚染《おせん》する物質《ぶっしつ》を減《へ》らしたり、ゲル地区《ちく》にアパートを建設《けんせつ》したりして、住民《じゅうみん》の環境《かんきょう》をよくしようとする努力《どりょく》が、現在《げんざい》もつづけられています。

野生復帰《やせいふっき》とは？

絶滅《ぜつめつ》しそうになっている野生《やせい》の生《い》き物《もの》を、人間《にんげん》がサポートして、もう一度《ど》もとの自然《しぜん》の中《なか》で増《ふ》やしていくことを、野生復帰《やせいふっき》といいます。

地球上《ちきゅうじょう》のすべての生物《せいぶつ》は、ほかの生物《せいぶつ》とかかわりをもつことで、自然《しぜん》のバランスを保《たも》っています。そのため、生物《せいぶつ》の絶滅《ぜつめつ》がつづくと、自然《しぜん》のバランスが大《おお》きく変《か》わり、やがては、温暖化《おんだんか》や異常気象《いじょうきしょう》など、地球全体《ちきゅうぜんたい》の環境《かんきょう》にも深刻《しんこく》な影響《えいきょう》がおよんでしまいます。

野生復帰《やせいふっき》は、生《い》き物《もの》の絶滅《ぜつめつ》をふせぎ、地球《ちきゅう》の環境《かんきょう》をまもるための大切《たいせつ》なとりくみなのです。

タヒの野生《やせい》復帰《ふっき》プロジェクト

モンゴルの野生馬《やせいば》タヒ（別名《べつめい》モウコノウマ）は、人間《にんげん》による狩《か》りや、草原《そうげん》の開発《かいはつ》で食《た》べ物《もの》が減《へ》ったことなどが原因《げんいん》で、一九六〇年代《ねんだい》に絶滅《ぜつめつ》してしまいました。しかし、その数十年《すうじゅうねん》まえに「めずらしい馬《うま》」としてヨーロッパに送《おく》られた五十頭《とう》ほどのタヒの子孫《しそん》が、各地《かくち》の動物園《どうぶつえん》で生《い》き残《のこ》っていたのです。

そこで、タヒを先祖《せんぞ》の土地《とち》で野生復帰《やせいふっき》させるため、オランダの保護基金《ほごききん》がモンゴルと協力《きょうりょく》し、一九九二年《ねん》にモンゴルへ十二頭《とう》を移《うつ》したのが、今回《こんかい》のお話《はなし》のもとになったできごとです。活動《かつどう》はその後《ご》もつづけられ、八十頭《とう》あまりのタヒがモンゴルの草原《そうげん》に移《うつ》されました。動物園《どうぶつえん》で生《う》まれ育《そだ》ったタヒが、はたしてモンゴルの

モンゴル、ホスタイ国立公園の草原を走るタヒ
（写真：Minden Pictures/アフロ）

きびしい自然《しぜん》の中《なか》で生《い》きのびられるか心配《しんぱい》されましたが、タヒは大草原《だいそうげん》で順調《じゅんちょう》に子孫《しそん》を増《ふ》やし、二〇二一年《ねん》の時点《じてん》で確認《かくにん》されたタヒの数《かず》は、八百頭《びゃくとう》に達《たっ》したそうです。

佐渡島《さどがしま》によみがえったトキ

絶滅寸前《ぜつめつすんぜん》の野生動物《やせいどうぶつ》を復活《ふっかつ》させた例《れい》は、ほかにも、アメリカのカリフォルニアコンドルや、グレイウルフ（オオカミ）、ヨーロッパのビーバーなどがあります。

日本《にっぽん》では、野鳥《やちょう》トキの例《れい》が有名《ゆうめい》です。トキはかつて日本各地《にほんかくち》にいましたが、乱獲《らんかく》や森林開発《しんりんかいはつ》、農薬《のうやく》などのため、二〇〇三年《ねん》に絶滅《ぜつめつ》してしまいました。そこで、中国《ちゅうごく》からトキをゆずりうけ、新潟県佐渡島《にいがたけんさどがしま》の保護《ほご》センターなどでヒナ鳥《どり》を誕生《たんじょう》させました。そして、田《た》んぼや里山《さとやま》をトキがくらしやすい環境《かんきょう》にもどしてから、トキを自然《しぜん》に帰《かえ》したのです。いまでは野生《やせい》のトキは、五百《ひゃく》羽近《わちか》くに回復《かいふく》したと見《み》られています。

このほかにも、ニホンコウノトリやツシマヤマネコ、ヤンバルクイナなど、日本固有種《にほんこゆうしゅ》の数《かず》を増《ふ》やす活動《かつどう》が進《すす》められています。野生復帰《やせいふっき》を成功《せいこう》させるためには、田畑《たはた》や里山《さとやま》をできるだけ自然《しぜん》の状態《じょうたい》に近《ちか》づけるなど、地域《ちいき》に住《す》む人《ひと》たちの協力《きょうりょく》が不可欠《ふかけつ》です。

シリーズのくわしい情報は マジック・ツリーハウス公式サイト 検索

マジック・ツリーハウス シリーズ

※1〜14巻は1冊に2話収録、15巻〜は1冊に1話収録

第54巻

カリフォルニアのラッコ(仮)

ジャックとアニーはカリフォルニアの海で
ラッコたちと出会う!

2025年夏 発売予定!

著者：メアリー・ポープ・オズボーン

現代アメリカでもっとも実績ある児童作家のひとり。ノースカロライナ大学で演劇と比較宗教学を学んだあと、児童雑誌の編集者などを経て作家となる。
「マジック・ツリーハウス」シリーズは、1992年より関連書をあわせて117作が刊行され、アメリカ、カナダなどの小学校で学校のテキストとして使われているほか、全世界37か国で1億5000万部を超える大ベストセラーとなっている。
現在アメリカ・マサチューセッツ州で、夫と愛犬2匹と暮らす。

訳者：番 由美子（ばん ゆみこ）

英語・フランス語翻訳者。訳書に「暗号クラブ」シリーズ、「ふたご探偵」シリーズ、つばさ文庫『新訳 十五少年漂流記』、『新訳 海底2万マイル』、『新訳 レ・ミゼラブル』（以上すべてKADOKAWA）などがある。現在アメリカ・ニューヨーク州在住。

イラストレーター：甘子彩菜（あまこ あやな）

マジック・ツリーハウス日本版のイラストを23年間担当しているイラストレーター。2012年の劇場版アニメ映画「マジック・ツリーハウス」では、キャラクターデザイン原案と背景設定を担当した。神奈川県在住。

マジック・ツリーハウス53

モンゴル大《だい》草《そう》原《げん》 風《かぜ》の馬《うま》

2025年 3 月19日　初版発行

著者／メアリー・ポープ・オズボーン
訳者／番 由美子
発行者／山下 直久

発行／株式会社KADOKAWA
〒102-8177　東京都千代田区富士見2-13-3
電話：0570-002-301（ナビダイヤル）

印刷・製本／株式会社 広済堂ネクスト

ISBN978-4-04-116113-5　C8097　N.D.C.933　160p　18.8cm

イラスト／甘子 彩菜
装丁／郷坪 浩子
ＤＴＰデザイン／出川 雄一
編集／豊田 たみ